코스모스를 죽였다

· 이 책은 방일영문화재단의 지원을 받아 저술 · 출판 되었습니다

코스모스를 죽였다

윤희일 장편소설

문학의 문학

차례

1부

차례

2부

1부

2월 29일 아내의 첫사랑을 찾아서

하얗다. 밤새 내린 눈이, 세상을 완전히 뒤덮었다. 이대로 계속 눈이 내려준다면…. 그 눈이 1m, 2m, 3m, 4m, 5m 하염없이 쌓여간다면….

그래서 모든 세상이 그 눈에 깔린다면…. 그 아래 모든 사물의 움직임이 멈추고, 그 아래 모든 생물의 성장이 정지한다면…. 모든 사람의 대화가 끊기고, 관계가 단절되고, 그래서 생각이 사라진다면…. 이 세상 모든 것이 질식한다면….

그렇게만 된다면, 그렇게만 된다면,

이 눈은 모든 것의,

모든 아픔의,

모든 시름의

해결사가 될 텐데.

하지만, 눈은 그 모든 기대를 저버렸다. 늦은 아침 해가 동쪽으로 떠오를 그즈음, 눈은 제멋대로 멈춰버렸다.

아침 밥상을 물린 아내의 모습은 여느 때와 달랐다. 얼굴에서는 강한 전의마저 느껴졌다. 처음 전쟁터로 나가는 병사의 얼굴이 저럴까….

아내가 방금 식사를 마친 식탁 앞으로 다시 다가설 때만 해도 또 '밥 먹자'고 말하는 줄 알았다. 아내는 요즘 들어 밥을 먹고 나서 바로 밥을 달라고 하는 일이 잦아졌다.

하지만 오늘은 달랐다. 아내의 얼굴에는 오늘따라 생기가 가득했다. 요 며칠 사이 볼 수 없던 모습이었다.

"잠깐 이야기 좀 했으면 좋겠구나."

'좋겠구나'라고?

갑작스러운 반말이었다. 당황스러웠다. 처음 접하는 상황이었기에 혼란스러웠다.

'터질 것이 결국 터진 것인가?'

뒷머리 쪽에서 검은 구름이 몰려오는 느낌이었다.

"승수야, 오늘 나랑 어디 좀 다녀와야겠다."

상황판단이 안 됐다. 아내가 이어가는 말은 갈수록 나를 혼란스럽게 했다.

갑자기 '승수야'라니? 이런 상황에서 뭐라고 대꾸를 해야 하나?

대답에 필요한 단어를 찾아 머리를 굴렸지만, 아무것도 떠오르지 않았다. 머릿속이 온통 하얗게 변했다. 좀 전에 본, 그 하얀 눈이 나와 내 머릿속에 확 퍼지는 느낌이 들었다.

갑작스러운 상황에 대처가 되지 않았다. 아니, 말을 이어갈 수가 없었다.

대화는 일방적으로 흘렀다.

화자는 아내였고, 나는 단지 듣고만 있는 '멍청한 청자'였다.

하지만 아내의 얼굴은 전의와 생기로 가득했다. 그 전의와 생기는 시간이 갈수록 더욱 강렬한 빛을 발했다.

"너한테는 한 번도 얘기하지 않았는데, 아니 네 아빠랑 결혼하고 나서 아무한테도 말한 적이 없는데, 엄마가 꼭 한번 만나보고 싶은 사람이 있구나. 죽기 전에 얼굴만이라도 한번 보고 싶다."

"아…."

나의 두뇌로 조종되는 내 입에서, 나도 모르는 신음이 흘러나왔다. 하지만, 뭐라고 대꾸를 할 수 없었다.

"이건 너와 나만의 비밀로 해줬으면 좋겠구나. 아빠에게는 절대로 말하면 안 된다."

아내는 나에게는 절대로 해서는 안 되는 비밀 이야기를, 나에게 하고 있었다.

아!

조금씩 상황이 이해되기 시작했다. 아내는 나를 상대로, 승수와 대화를 하고 있었다.

"오늘 어디 좀 같이 다녀올 수 있겠니?"

아내는 다시 재촉했다. 나는 이야기를 일단 들어보기로 했다.

"어디에 가고 싶은데?"

"가보면 알아. 이 주소를 내비게이션에 치고 일단 가자."

일단 아내의 요청을 들어주기로 했다. 아내의 얼굴에서 간절함까지 읽을 수 있었기 때문이다. 도저히 거역할 수가 없는….

준비하고 오겠다면서 방으로 들어간 아내가 꽤 오랜 시간이 지나서 나왔다.

그런데 어딘가 이상했다. 화장이 여느 때와 달리 아주 짙었다. 요즘 들어 화장을 거의 하지 않던 아내였다. 그리고 아내의 팔에 그동안 본 적이 한 번도 없는 핸드백이 하나 걸려 있었다. 좀 오래된 느낌이 드는, 유행이 한참 지나간 낡은 핸드백이었다.

"이제 가자. 서둘러야겠다. 오늘 중으로 돌아와야 하니까. 아빠가 돌아오시기 전에…."

일단 아내가 원하는 대로 길을 떠나기로 했다. 아내가 오랜만에 보여준 밝은 표정을 이어갈 수 있도록 하는 것도 나쁘지 않다는 생각이 들었다.

차에 오른 아내는 어딘가 모르게 들뜬 표정이었다. 아내는 뒷좌석에 자리를 잡았지만, 엉덩이를 뒤에 붙이지 못한 채 앞좌석의 등받이를 양손으로 잡고 있었다. 무척 조급해 보였다.

"대전시 ○○구 ○○동 ○○○번지 ○○대학…. 문예창작과."

아내는 주소를 또박또박 불러줬다. 내비게이션에 정확하게 주소를 입력하라는 듯, 한 자 한 자 끊어서 주소를 읽었다.

'꼭 거기에 다녀와야 해, 무슨 일이 있어도 거기에 갔다 와야 해!'

아내의 말에서는 그런 의지를 읽을 수 있었다.

○○동과 ○○대학은 나에게 아주 익숙한 장소였다. 아내와 내가 젊은 시절을 보낸 대전에 있는 대학이기 때문이다. 아내와 나는 대전에서 고등학교를 함께 다녔다.

그런 시절이 있었다, 우리에게는.

"새 주소는 없어? 도로명 주소 말이야. 그걸 입력해야 확실한데, 요새는"

"몰라. 그런 거 모른다고. 정확한 주소니까 찾을 수 있을 거야."

고등학교를 졸업한 이후 거의 가보지 않은 곳이지만, 주소가 없어도 찾아갈 수는 있다는 생각이 들었다.

아내의 얼굴에는 갈수록 생기가 더 돌았다.

"오늘 중으로 꼭 거기를 다녀와야 한다."

아내의 마음은 이미 고속도로를 내달리고 있었다. 아직 차는 주차장에 있는데, 아내의 마음은 벌써 고속도로를 시속 120km 이상의 속도로 내달리고 있었다.

하지만, 고속도로로 가는 길은 무척 막혔다. 밤새 내린 늦겨울 눈이 도로에 쌓여 있었다.

"오늘 왜 이렇게 막히지? 빨리 갈 수 있는 길은 없는 거니? 저 버스들은 빨리 가잖아, 저기로 가면 안 되니?"

아내는 차가 막히자 몹시 불안한 표정을 지어보였다. 그러면서 버스전용차선으로 가라고 다그치기 시작했다. 버스전용차선을 달리는 버스들은 꽤 속도를 내고 있었기 때문이다. 하지만, 승용차를 가지고 버스전용차선으로 들어갈 수는 없는 노릇이었다.

"승수야, 내 말이 안 들리니? 빨리 다녀와야 한다니까. 네 아빠가 알기 전에 꼭 다녀와야 해."

그러나 길은 아내의 간절한 애원을 외면했다. 도로는 자꾸만 더 막혔고, 차는 그만큼 가다서다를 반복해야만 했다.

그때 또 버스들이 버스전용차선을 씽씽 달리는 모습이 눈에 들어왔다.

"승수야, 너 이 엄마 말 무시하는 거니? 빨리 가란 말이야. 저기로 가면 되잖아? 승수야."

뒷좌석에서 펄펄 뛰던 아내는 급기야 고래고래 소리를 질러댔다. 하지만, 도로는 좀처럼 풀리지 않았다. 분을 삭이지 못하고 씩씩거리던 아내가 조용해졌다.

"…."

뒤를 돌아보니, 아내는 어느새 잠이 들어있었다. 아침부터 나선 길이 꽤 힘에 부쳤던 모양이었다.

새근새근 잠에 빠진 아내는 예뻤다. 꽃잎이 접힌 듯 고왔다. 아내는 그랬다. 늘 그렇게 예쁘게 잤다. 아내는 언제나 두 손을 가슴 쪽으로 모으고 곱게 잤다. 차 안에서도 아내의 잠자는 모습은 똑같았다. 고개를 약간 오른쪽으로 돌렸을 뿐, 침대에서 잘 때처럼 다소곳한 모습이었다. 여기가 차 안이 아니라면 곁에 가서 아내의 몸을 꼭 안아주고 싶었다.

차는 여전히 막혔다.

50분쯤 지났을까? 아내가 눈을 떴다. 주변을 두리번거리던 아내가 깜짝 놀란 표정을 지었다.

"여기가 어디죠? 지금 어디 가는 거예요?"

아내는 나를 만났을 때부터 그랬다. 나에게 늘 존댓말을 썼다. 고등학교 1년 선배인 나를 처음 만났을 때부터 아내는 그렇게 존댓말을 썼다. 그게 더 편하다고 했다.

"○○대학 가자면서."

"내가요? 언제요? 도대체 어디를 가는 건데요? 왜 내가 전혀 모르는 곳으로 가고 있는 거예요? 빨리 집으로 가요."

아내는 아침부터 벌어진 일이 하나도 기억나지 않는 것 같았다. 교차로가 보였다. U턴 신호를 받아 차를 돌렸다. 아내의 얼굴에는 더 이상의 생기도, 힘도 없었다. 집으로 돌아가는 길은 갈 때와 달리 뻥 뚫렸다. 차가 씽씽 내달렸지만, 아내는 아무런 반응도 보이지 않았다. 차창 밖을 보는 아내의 눈은 조금 전 반대 방향을 달릴 때의 그것과 전혀 달랐다. 눈에 초점도 없었고, 얼굴의 핏기도 싹 사라진 느낌이었다.

집으로 돌아온 아내는 피곤하다면서 바로 침실로 향했다. 아직 해는 중천에 걸려 있었다.

2월29일

낮잠을 푹 잤다. 머리가 맑아졌다. 해는 벌써 서쪽 하늘로 지고 있고, 창밖으로 이름 모를 새 한 마리가 그 해를 따라 휙 날아간다.

하지만, 모든 것이 비어있다. 텅 비어있다. 아무것도 채워지지 않은 빈 잔과 같다.

도대체 오늘 나는 뭐를 한 거지?

기억나는 것이 없다. 아니 기억할 수 있는 것이 하나도 없다. 오늘의 나, 오늘을 살아가는 나, 그 나라는 존재는 도대체 어디에 있는 것일까?

기름이 떨어져 멈춰버린 자동차 엔진. 요즘 나는 늘 이렇다. 그런 느낌이다.

나를 밀고 갈 동력, 나를 추슬러 세울 기억, 그런 것이 모두 다 떨어진, 그런 느낌이다.

자고 일어나면, 자기 전에 있었던 일이 기억나지 않는다. 이런 일이 너무나 잦다. 답답하다. 어두운 터널에 나 혼자 남겨진 느낌이다. 해가 떠 있는데, 세상이 어둡다. 그리고 출구는 보이지 않는다.

벌써 저녁때가 다 됐는데, 오늘은 도대체 무슨 일이 있었던 거지?

근데 오빠는 지금 어디에서 무엇을 하고 있는 걸까? 아, 거실에 있나 보네. 오빠가 칼질을 하는 소리가 들린다. 저녁밥을 짓는 중인가?

잘 기억이 나지 않지만, 언제부턴가 오빠가 밥을 짓고, 나는 그 밥을 기다리는 생활을 하고 있다.

언제부터였더라. 그러니까, 내가 만든 반찬에 문제가 생기고부터였던 것 같다?

요즘 밥도 오빠가 짓고, 반찬도 오빠가 만들고, 보리차도 오빠가 끓인다. 설거지라도 내가 하겠다고 하지만, 오빠는 모두 자기가 하겠다고 한다.

요즘 오빠는 요리를 아주 잘 한다. 예전에 우리가 먹던 그 반찬 그대로 만들어낸다. 그래서 그런지 내 입에 참 잘 맞는다.

그런데 내가 오빠를 승수라고 불렀다고? 내가 오빠를 승수로 착각했다고? 내가 대전에 가자고 그랬다고? 내가 ○○대학에 가자고 했다고?

도대체, 나는 어디로 가고 있는 것일까?

이건 다 뭐지? 이 노트에 적혀 있는 것들은 다 뭐지? 날짜가 있네. 2월 29일, 오늘이네. 그렇다면 일기장? 분명 오빠의 글씨다.

그 안에는 낯선 내가 있다. 내가 모르는 나, 내가 기억하지 못한 나. 아주 낯선 나. 그런 내가 가득 들어있다.

오늘, 내가 모르는 나를 일기장에서 만났다. 어디로 가는지 모르는 나, 무엇을 생각하고 있는지 알 수 없는 나, 그런 나를 일기장에서 만났다.

이 일기장은 뭐지? 이 일기장을 왜 내가 읽고 있는 거지? 그리고 왜 쓰고 있는 거지?

3월 1일 다시 교환일기를 써요

"우리 밖에 나가서 좀 걸어요."

"그럴까, 그럼."

아내의 제안이었다. 제안을 받고 보니, 나도 시원한 바람을 맞으며 아내와 함께 걸어보고 싶다는 생각이 들었다.

나는 운동화를 신었고, 아내는 슬리퍼를 걸쳤다.

집을 나선 우리 둘은 아무런 말도 하지 않았다. 그냥 걸었다. 집 앞 골목길을 모두 빠져나올 때까지 우리는 어깨선을 맞춰 열심히 걸었다.

아내도, 나도, 어딘가 사람이 없는 곳으로 가야 한다는 생각을 한 것일까?

어디로 가자고 말을 하지 않았는데도, 우리 둘은 모두 그곳을 향하고 있었다. 같은 곳을 향해 발을 내딛고 있었다.

그곳.

그곳을 처음 찾아낸 것은 아내였다. 아내는 원래 낮 시간에 혼자 산책을 하는 경우가 많았다. 아내는 사교적이지 못했다. 사람들과 어울리면 오히려 스트레스 지수가 높아진다면서, 혼자 산책하는 것을 즐겼다. 산책뿐만이 아니다. 아내는 종종

당일치기 여행도 혼자 다니곤 했다. 식당에 가서도 혼자 밥을 먹는 것이 편하다고 했다. 아내가 가장 좋아한 것은 한가한 오전 시간에 자기가 좋아하는 커피숍에 홀로 앉아 책을 보고, 글을 쓰는 것이었다.

아내는 어느 날 '나에게 딱 맞는 곳을 찾았다'면서 나를 데리고 그곳으로 갔다. 그곳은 동네 사람들이 즐겨 찾는 공원이었다. 하지만, 아내가 좋아하는 그곳은 공원 중에서도 사람이 거의 다니지 않는 후미진 곳이었다. 공원 입구에서 봤을 때 정반대 쪽에 위치해 있었고, 길이 따로 나 있지 않기 때문에 미리 알고 있는 사람이 아니곤 좀처럼 가기 어려운 곳이었다.

혼자서 산책하는 것을 좋아하는 아내에게는 딱 맞는 곳이었다. 그곳을 아내가 찾아낸 것이다.

우리 둘은 말없이 그곳을 향했다. 아니 우리 둘이 갈 수 있는 곳은 그곳뿐이라고, 두 사람 모두 생각한 것 같았다.

그곳은 하루 종일 볕이 잘 들었다. 한겨울에 와도 별로 춥지 않았다. 볕이 좋으니 따뜻했다. 언젠가부터 그곳은 우리 둘만의 아지트가 됐다.

"생각해봤는데요…."

아내는 말을 제대로 이어가지 못했다. 무슨 이야기부터 시작을 해야 할지 모르겠다는 표정이었다. 말을 찾는 데, 단어를 고르는 데 힘이 부치는 모양이었다.

"우리 고등학교 다닐 때 하던 거, 그거 또 하는 게 좋겠어요."

"응? 뭐?"

"교환일기 말이에요. 오빠랑 내가 2학년 여름부터 졸업 때까지 썼던 그 교환일기…."

그랬다. 우리는 매미 소리가 하늘을 찌르던 그해 여름부터 그 일기를 번갈아 썼다.

그때도 아내가 먼저 제안했다. 우리는 그해 3월 문학반에서 처음 만났다. 나는 2학년, 아내는 1학년. 나는 아내를 만날 당시 시나리오 쓰기에 푹 빠져 있었다. 나는 내가 쓴 시나리오로 영화를 만들고야 말겠다는, 꽤 야심 찬 계획을 갖고 매일 글을 썼다. 나는 영화의 신을 구성하듯 장면 장면을 그대로 기록하는 방식의 글을 자주 썼다.

문학반 생활 2년째가 되던 어느 봄날, 아내가 들어왔다. 그 문학반에는 지역의 고등학교에 다니는 문학소년, 문학소녀들이 연합으로 참가했다. 어떤 사람들은 문학을 빙자해서 연애를 하려 한다며 비아냥거리기도 했지만, 대부분 문학에 열정을 바치려는 젊은이들의 모임이었다.

'코스모스'

아내를 처음 봤을 때 느낀 것은 코스모스였다. 긴 곤색 치마와 흰색 브라우스. 브라우스 위로 맨 벨트로 인해 잘록하게 들어간 허리.

가을날, 등굣길 도로변에 다소 불안하게 서 있던 몇 포기 코스모스. 거름이나 비료를 제대로 주지 않아 위쪽으로만 길게 자라난 그 코스모스와 느낌이 비슷했다. 아내는 키가 컸지만, 몸은 여리고 가늘었다. 나는 그런 아내를 코스모스라고 부르곤 했다.

나와 아내는 금방 친해졌다. 아내는 별다른 말이 없는 나에게 호감을 보였다. 나는 문학반 모임에 가면 주로 선배나 친구, 후배들의 이야기를 듣는 편이었다. 그들이 쓴 글을 읽는 것을 즐겼다. 나는 그때부터 남이 쓴 글을 읽는 것이 글쓰기에서 가장 중요하다는 생각을 하고 있었다.

"사실적인 표현이 너무 좋던데, 그 세세한 표현이 말이야."

나는 다른 사람들의 글을 읽고 한 마디씩 툭 던지곤 했다.

그해 3월은 유난히도 비가 많았다. 특히 문학반 모임이 있는 토요일의 경우 3월 초부터 5월 중순까지 단 하루도 빠지지 않고 비가 내렸다.

어느 날 모임이 끝나고 집으로 가려는데 빗줄기가 더욱 거세졌다. 그 순간, 아침에 집을 나설 때 우산을 두고 온 것이 떠올랐다. 아침에만 해도 비가 내리지 않을 것 같았었다.

"오빠, 집이 어디예요?"

돌아보니 유진이었다. 늘 말이 없이 간간이 노트에서 눈길을 들어 창밖을 보곤 하던 후배.

"응, ○○동."

"그래요? 우리 집도 그쪽인데 우산 없으면 같이 가요."

우리는 한동안 말없이 걸었다.

"오빠, 한 가지 부탁이 있는데…. 제 글을 읽어봐 줄 수 있어요?"

"응?"

"내가 쓴 글을 읽고 느낀 걸 이야기해줄 수 있어요?"

"그럴까?"

그 뒤로 유진은 나를 만나면 자신의 노트를 나에게 슬그머니 건넸다. 그 노트에서는 옅은 코스모스 향기가 났다. 나는 그걸 느꼈다. 유진은 나의 코스모스였다.

코스모스의 노트는 늘 코스모스를 가득 품고 있었다. 그래서 노트를 열면 코스모스 향기가 가득 퍼졌다.

나는 노트에 코스모스가 쓴 글에 대한 느낌을 세세하게 담아서 돌려주었다.

그렇게 단순하게 시작됐다. 우리의 교환일기는 특별한 목적도 방향도 없었다.

맑은 가을날 길가에 핀 코스모스. 사람들은 그냥 스치기만 할 뿐 아무도 구체적인 눈길을 주지 않는다. 하지만, 나는 나의 코스모스를 매일 살폈고, 물을 줬다.

"네 삶이, 네 생각이 여기에 다 보이는데 괜찮겠니?"

"응. 오빠니깐"

코스모스는 별다른 설명이 없었다.

이후 코스모스는 자신의 노트에 그날그날의 삶과 생각을 꼼꼼하게 적어 나에게 보여줬다. 코스모스의 노트는 맑은 샘과 같았다. 그건 청춘의 심연이었다. 나는 그 심연에 매일, 깊게 빠져들었다. 코스모스의 세계는 어느덧 나의 세계가 됐다. 나는 그 코스모스 속으로, 코스모스가 피어있는 우리 둘의 계절 속으로 스며들었다.

"내일이 기대되는데…. 멋져!"

코스모스는 짧은 단편소설을 일기에 연재하기도 했다. 그 소설의 독자는 이 세상에 나 하나뿐이었지만, 코스모스는 거기에 자신의 모든 것을 담았다.

우리는 우리의 일상도 노트에 담았다. 우리는 우리의 인생, 서로의 인생에 대한 기록자가 되기 시작했다. 특히, 나는 그날그날 있었던 일을 시나리오의 한 신 한 신처럼 생생하게 기록하는 글을 써서 코스모스에게 보여줬다.

"글이 살아있어요. 파닥파닥."

코스모스는 그런 내 글을 좋아했다. 그리고 우리는 글에 대한, 문학에 대한, 미래에 대한, 아름다움에 대한 생각을 가득가득 담아나가기 시작했다.

코스모스는 고등학교를 졸업하고 대학에 가서도 가끔 자신의 노트를 나에게 보여줬다. 우리는 서로 다른 대학을 다녔지만, 늘 같은 샘 안에 있었다. 같은 샘의 물을 마셨다.

나는 그렇게 코스모스를 만났고, 나와 코스모스는 하나가 되어갔다.

3월 2일 사라진 길

"여기가 어딘지 모르겠어요."

오늘 또 일이 터졌다. 아내가 집으로 돌아오는 길을 찾지 못했다.

휴대전화 너머로 전해오는 아내의 목소리는 다급했다. 울먹임까지 섞여 있었다.

"시내버스를 내렸는데, 집을 찾지 못하겠어요."

시내버스 정류장에서 집으로 오는 길은 1㎞에 불과했다. 얼마 전 새로운 상가건물이 하나 들어선 것을 빼고는 특별하게 변한 것도 없는 길이다.

"꼼짝 말고 거기 서 있어, 금방 갈게."

급히 정류장 쪽으로 달려나갔다. 아내는 버스정류장에서 우리 집으로 들어오는 골목 어귀에서 두리번거리고 있었다.

"아니 왜 집을 못 찾아?"

나도 모르게 목소리가 높아졌다. 그 목소리가 아주 신경질적이라는 것을 스스로도 느낄 수 있었다.

"어…."

나를 본 아내의 눈에는 눈물이 맺혀 있었다. 아내는 내 품으로 달려왔다.

"모르겠어요. 여기가 어디죠? 저게 뭐죠?"

아내는 새로 생긴 상가건물을 손가락으로 가리켰다.

"무슨 말이야. 얼마 전에 새로 생긴 건물이잖아. 지난번에 나랑 지나면서, 건물 참 멋있다고 칭찬도 했잖아. 이런 곳에서 커피숍이나 하나 했으면 좋겠다고도 했잖아."

"그래요? 내가 그런 말을 했다고요?"

아내의 손을 잡고 계단을 오르는 길은 무거웠다. 가슴 저편에서 커다란 아픔이 밀려왔다.

이런 일은 처음이 아니었다. 아내는 얼마 전에 새로 이사 온 앞집 식구들과 식사를 했지만, 이튿날 그 집 주인은 물론 식사 때 나눈 이야기를 전혀 기억하지 못했다.

"아무래도 이상해요. 내 기억이 이상해요. 최근에 생긴 일들이 전혀 기억나지 않는 경우가 너무 잦아요."

"…"

"그래서 말인데요. 그거 있잖아요. 교환일기, 그걸 다시 썼으면 좋겠어요. 우리가 하루 종일 겪은 이야기, 나에게 꼭 전해주고 싶은 이야기를 예전처럼 교환일기에 적어놔 줘요. 그러면 나는 저녁때 그걸 읽어보면서 하루를 회상해볼게요. 그리고, 거기에 나의 감상도 몇 자 적어보고 싶고요."

아내는 나의 기억으로 자신의 지워진 기억을 채우고자 생각한 것 같았다.

"그래, 그게 좋겠어."

"그리고, 글은 옛날 그 방식대로 써줘요. 그 영화장면처럼 쓴 글 있잖아요. 하루하루를 생생하게 기록한."

아내는 예전에 내가 쓰던 그런 글이 좋겠다고 했다. 그날 있었던 일 중에서 중요한 장면을 생생하게 기록하듯 쓴 그 글을 통해 기억을 되찾고 싶다고 했다.

아내는 결국 이틀 연속으로 교환일기를 쓰자고 제안한 셈이 됐다. 사실 아내의 교환일기 제안은 반가운 일이었다. 아내에게서 심상치 않은 변화가 나타나기 시작한 이후 나는 많은 책을 읽었고, 많은 의사와 전문가를 만났다. 아내를 위해 내가 할 수 있는 일이 무엇인가를 알아보기 위해서였다.

이 분야를 전문으로 하는 한 의사는 환자에게 일기장을 선물하라고 충고하기도 했다.

"일기쓰기가 이 병의 진행을 막는 데 아주 좋습니다. 일기를 쓰기 위해서는 반드시 '회상'이라는 과정을 거치게 되는데 그 회상이라는 과정을 통해 뇌를 활성화할 수 있거든요. 게다가 일기를 쓰려면 먼 과거가 아니라 그날 있었던 일에 대한 단기회상을 해야 하는 경우가 많기 때문에 아주 좋습니다."

아내에게 그날 있었던 일 가운데 중요한 일을 골라 있는 그대로 적기로 했다.

내가 쓴 일기를 보면서 아내가 그날 있었던 일을 기억해낼 수 있도록. 가능하면, 누군가와 나눈 대화까지 그대로 옮겨 적어서 아내가 그날그날의 일을 기억해 낼 수 있도록 해야겠다고 생각했다.

3월 2일

맞다. 그때 우리는 그렇게 생각을 교환했다. 서로를 알아가기 위해 애를 쓰던 그 당시, 우리의 생각을 온전히 일기에 담아 나눴다.

그 옛날 우리의 교환일기는 지금의 그것과 다른 것이었다. 기억하지 못하는 나를 찾기 위한 것이 아니라, 우리 둘의 가슴 속에 있는 그 무엇인가를 서로에게 보여주기 위한 것이었다.

오빠의 마음을, 오빠의 삶을, 오빠의 오늘을, 오빠의 모든 것을 나에게….

나의 마음을, 나의 삶을, 나의 오늘을, 나의 모든 것을 오빠에게….

서로가 보여주기 위한 것, 서로가 전달하기 위한 것, 그래서 하나가 되기 위한 것, 그런 것이었다.

하지만 지금의 교환일기는 다르다.

그건 나를 찾기 위한 것. 나의 흔적을 더듬는 것. 오빠의 더듬이를 이용해 나의 흔적을 더듬는 것. 그 이상도 그 이하도 아니다.

하지만, 나를 찾고 싶다. 나의 모습을 확인하고 싶고, 더듬고 싶다.

늘, 나의 시간은 비어있다. 나의 공간은 공허하다. 거기에 우두커니 앉아있는 나, 텅 비어있는 나, 거울에도 비치지 않는 나, 그걸 보고 싶다.

오빠의 더듬이를 통해 전해지는 나의 모습을 확인하고 싶다.

오빠와의 더듬이는 보이지 않는 나를 보여줄 것이다. 오빠는 한 땀 한 땀 공을 들여 '이유진'이라는 천을 짜낼 것이다. 보이지 않는 나를 평면의 그 천에 비추고, 그 천 위에서 입체의 이유진은 살아날 것이다.

나는 오빠가 다시 만들어준 그 입체의 나, 오빠의 입김으로 다시 살아난 이유진을 매일 다시 만날 것이다.

오빠는 나와 '내가 모르는 나' 사이의 대화를 통역하는 통역사가 될 것이다.

그래, 통역사

오빠!

모든 것을 기록해줘요. 나의 모든 것, 내가 잊어가는 것, 내가 잊어서는 안 되는 것.

나의 상처까지도.

나의 아픔까지도.

우리 아이의 이야기도.

그게 다시 나를 다치게 하더라도

나의 모든 것을 기억하고 싶어요.

오빠.

3월 10일 아내는 코스모스

"어때, 오늘 엄마 얼굴 이쁘니?"

아침 식사를 마친 뒤 방으로 들어갔던 아내가 문을 열고 나오면서 내뱉은 말이다.

아내의 표정이 무척 밝았다. 목에 두른 연두색 스카프가 잘 어울렸다. 연두색 스카프 위로 분홍색을 강조한 입술 화장이 화사하게 보였다.

코스모스.

또 피어올랐다. 그때나 지금이나 아내는 코스모스였다.

"밥 빨리 먹고 준비 좀 서둘러라. 어디 좀 같이 다녀올 데가 있다."

아내는 또 나를 승수라고 생각하고 있었다. 아내의 표정에서 조급함이 읽혔다. 아내는 좀 전에 식탁에서 함께 아침을 먹은 사실 을 잊은 듯했다. 아내는 다시 식탁에 앉았다.

"내 밥은?"

"아니 좀 전에 밥 먹은 거 몰라? 나는 배가 불러서 죽겠는데…."

"무슨 얘기야 지금 자고 일어났는데?"

"알았어, 그럼 빨리 먹고 가자."

냉장고에 넣어 놨던 반찬과 밥은 아직 온기가 남아있었다. 모른 척 밥을 몇 숟가락 더 떴다. 밥을 달라고 성화를 부린 아내도 먹는 둥 마는 둥 식사를 끝냈다.

"빨리 가자. 내가 주소를 알려줄 테니까 내비에 한 번 쳐봐라. 오늘 중에 꼭 다녀와야 한다."

아내는 지난번에 알려준 그 주소를 다시 읽었고, 나는 내비게이션에 저장돼 있던 그 주소를 다시 불렀다.

"알았어. 다녀오자."

지난번과 달리 도로는 비교적 한산했다. 차 안의 아내는 안절부절 불안해 했다. 아내는 계속 창밖을 보면서 도로 상황을 살폈다. 지난번에 차가 막혀 가지 못했던 일을 어렴풋이 기억하고 있는지 모르겠다는 생각이 들었다. 차가 고속도로로 접어들어 속도를 내자 아내는 좀 차분해졌다.

"오늘 내가 만나려고 하는 분이 누구인지 아니? 이거 아빠에게 얘기하면 절대로 안 된다."

"…."

"참 좋은 시절이었는데…."

고속도로를 단 한 번의 막힘도 없이 달리던 차가 대전으로 접어들자 아내의 얼굴에 화색이 돌기 시작했다.

"그래, 생각난다. 저기로 돌면 돼. 조금만 더 가면 되겠구나."

아내는 낯익은 대전의 거리 풍경을 보더니, 한층 더 힘을 냈다. 차는 내비게이션이 알려주는 방향으로 달렸고, 나는 아내가 왜 거기를 가려고 하는지 궁금해지기 시작했다.

"어디를 가려고 하는데 그래? 누구를 만나려고?"

"응. 엄마가 이 세상에 태어나 처음으로 좋아한 사람…. 아니 처음으로 사랑한 사람. 오래전부터 꼭 그 사람을 한 번 만나보고 싶었거든. 첫사랑."

첫 · 사 · 랑.

나는 놀랐다. 첫사랑. 그래 아내의 입에서 '첫 · 사 · 랑'이라는 말이 나왔다. 생각을 해보니, 우리는 고등학교 때 만났지만, 그게 서로의 첫사랑이었는지에 대해서도 단 한 번도 이야기를 해보지 않았다. 아니, 아내가 나의 첫사랑이었기에, 나도 당연히 아내의 첫사랑일 것으로 믿고 있었던 것 같다.

코스모스는 늘 하늘거렸다. 코스모스를 보면 눈이 저렸다. 만난 그날 이후 내 가슴 가장 깊은 곳에 코스모스가 자리하고 있었다. 아내 이외의 여자가 들어올 틈은 없었다. 단 한 번도.

나는 아내 이외의 여자를 바라보지 않았고, 좋아하지도 않았다. 아니 좋아하지 않은 것이 아니라 좋아지지 않았다. 그런 게 코스모스의 존재의미였다. 그게 코스모스의 힘이었다.

"우리 승수가 너무 놀랄까 봐 미리 얘기하는데…. 이제 너도 클 만큼 컸으니까, 얘기하겠는데. 엄마에게는 네 아빠를 만나기 전에 너무나도 좋아한 사람이 있었단다. 내가 중학교 3학년 때 국어를 가르쳐주신 선생님이셨어. 현도안 선생님이라구…."

아, 그랬구나.

아, 그랬구나.

생각해보니 그랬다. 아내의 입에서 첫사랑이라는 단어를 들어본 적은 없다. '오빠가 첫사랑이야'라고 이야기한 적도 없다. 그때 나는 고2였고, 아내는 고1이었다. 내 생각에 나의 중학교 시절은 아직 어린이였다. 그때 나에게 사춘기는 없었다. 이성에 대한 관심은 당연히 전혀 없었고, 개구쟁이 어린이처럼 그저 자랐을 뿐이다.

고등학교에 들어간 뒤에는 달라졌다. 여자애들을 만나면 부끄러웠다. 내가 걸어가는 길 뒤에 여자애들이 있으면 다리가 엉키곤 했다. 나에게 이성은, 여자는 고등학교에 들어와서부터 존재했다.

아무런 대꾸도 할 수가 없었다. 그건 질투도 아니었고, 아내의 옛사랑에 대한 견제도 분명히 아니었다.

단 한 번도 상상해본 적이 없는 상황, 그 상황에 대한 당황스러움이었다. 내가 모든 것을 알고 있는 여자에게 다른 세계가 있었다는 것을 알았을 때의 당황스러움이었을까?

차는 대학 교정으로 들어갔다. 캠퍼스는 젊음이 넘실대고 있었다. 오래전 우리도 대학 캠퍼스를 경험했지만, 그때와는 전혀 다른 분위기였다. 내가 대학에 다닐 때, 캠퍼스는 늘 최루탄으로 가득 차 있었다. 봄에는 특히 그랬다. 개강을 하고 나서 2개월 동안은 수업을 거의 하지 못했다. 그러나 지금 마주한 캠퍼스는 달랐다. 이 세상 그 어디에서도 보지 못한 것 같은 평화가 넘실댔다. 적어도 겉으로는 그랬다.

"문예창작학과 과사무실로 먼저 가보자. 거기에 가면 그 선생님이 계신 곳을 알 수 있을 것 같구나."

학과 사무실은 분주했다. 학생들이 수시로 드나들었고, 게시판은 행사소식, 취업정보 등으로 가득 차 있었다.

"현도안 교수님 연구실은 어디죠?"

"아 현 교수님이요. 지금은 안 계시는데, 정년퇴임하셔서. 아마 청양 쪽에서 사신다는 얘기를 들은 것 같기도 하고요. 거기서 글을 쓰신다고…."

아내의 얼굴이 갑자기 어두워졌다. 잠시 후 아내의 눈에는 눈물이 맺혀 있었다.

"그럼 교수님 주소라도 알려주실 수 있나요?"

아내의 목소리에 힘이 들어가 있었다.

"아, 저도 잘 모르는데요. 설사 안다고 해도 개인정보라서 알려드릴 수가 없고요. 몸이 안 좋으셔서 요양 중이라는 얘기를 들은 것 같아요. 동료 교수님들께도 사시는 곳을 알리지 않으신 것 같아요. 정말 죄송해요."

"아 그럼, 교수님 쓰시던 연구실이라도 가볼 수 있을까요?"

"가보실 수는 있지만, 지금은 다른 교수님께서 쓰시고 계신데요."

"그래도 꼭 가보고 싶어요."

아내의 목소리는 완강했고, 단호했다.

"아, 그러시면, 나가셔서 계단으로 3층까지 올라가신 뒤 끝에서 두 번째 연구실이 바로 현 교수님께서 쓰시던 연구실이거든요."

조교의 얼굴에서 귀찮아하는 표정을 읽을 수 있었지만, 아내를 막아설 수는 없었다. 아내의 의지가 워낙 강하게 느껴졌기 때문이다.

과사무실을 나선 아내는 풀이 죽어있었다. 금방이라도 무너져 내릴 것 같은 자세로 엉거주춤 서 있는 아내가 안쓰러워 보였다. 아내는 조교가 알려준 대로 계단을 올라가기 시작했다. 연구실에는 아내가 모르는, 아니 아내가 알고 있을 리 없는 어떤 교수의 이름이 적혀 있었다.

그때였다. 아내가 갑자기 연구실 문에 손을 댔다. 그 순간, 안에서 먼저 문이 열렸다.

"누구시죠? 무슨 일이신가요?"

아내는 소스라치게 놀란 표정을 지어 보이면서, 어쩔 줄 몰라 했다.

"아닙니다. 잘못 찾아온 것 같습니다. 죄송합니다."

아내는 도망치듯 계단을 내려갔다. 아내의 어깨가 떨렸다. 아마도 우는 듯했다. 건물을 나선 아내는 3층 연구실 쪽을 다시 올려다 봤다.

"그럼 선생님을 어떻게 만나지?"

차에 올라탄 아내는 계속 뒤쪽 대학 건물을 돌아다보면서 말했다. 아내는 캠퍼스가 시야에서 사라질 때까지 눈을 거두지 못했다.

차는 다시 고속도로로 들어섰다. 올 때와 마찬가지로 도로는 비교적 한산했다.

"승수야 부탁이 있다. 우리 현도안 선생님께서 어디 사시는지 꼭 좀 알아봐 줄 수 있겠니? 꼭 한 번 만나 보고 싶구나."

"…"

"승수야. 승수야. 꼭 부탁한다."

3월 10일

현.도.안.

오빠에게 현도안 선생님을 이야기한 것 같다. 아니 해버렸다. 오빠의 일기에 분명히 그렇게 적혀 있다. 내가 내 의지로는 입 밖에 내본 적도 없는 그 이름.

현.도.안.

나는 내 입으로 현도안 선생님에 대해 말을 할 수 없다. 선생님은 내가 하나의 사람으로 커가는 과정에서 만난 첫 번째 거인이다.

그 존재는 너무나 컸고 견고했다.

그랬다. 현도안 선생님은 내게 거인이었다. 너무나 커서, 너무나 거대해서 고개를 들 수가 없었다. 그의 이름을 내 입으로 발설하는 것조차 엄두가 나지 않았다.

지금까지, 나는 그 누구에게도 현도안이라는 이름을 이야기한 적이 없다.

또렷하다. 현도안 선생님이 교실 문을 열고 들어오시는 그 순간. 내 몸의 모든 세포는 멎었다. 움직이지도 않았고, 호흡하지도 않았다. 당연히 사고하지도 않았다.

나는 선생님을 사랑하지 않았다. 좋아하지도 않았다. 그때의 내 마음, 그것은 그런 표현, 그런 세속의 표현과는 어울리지 않는 것이었다.

사랑한다거나, 좋아한다는 생각, 그 자체가 성립되지 않았다. 나는 그렇게 생각했다.

그분 앞에서는 나는 100% 얼어붙었고, 움직일 수 없었다. 사고도 멈췄다. 그런 나, 그런 나약하고 작은 나에게 현도안 선생님은 그저 큰 존재, 너무나 커서 아무것도 인식할 수 없는 존재였다.

그래서 가족에게도, 친구에게도, 오빠에게도 말을 할 수가 없었다.

'첫사랑'

내가 그렇게 말했다고, 오빠의 일기에 분명히 그렇게 적혀 있다. 하지만, 나는 나의 그런 마음을 사랑이라고 생각한 적이 단 한 번도 없었다.

지금 와서 첫사랑이라니?

내 입에서 첫사랑이라는 말이 나왔다고?

도대체 믿어지지 않는다. 그건 나도 모르는 내 마음이었을까? 아니면, 수십년이 지나 어른이 된 내가 뒤늦게 깨달은 내 마음속의 진실이었을까?

그걸 사랑이라고, 첫사랑이라고 말을 할 수 있을까?

내가 모르는 나.

내가 모르는 '나'라는 존재.

3월 27일 아내의 힘

나는 아내의 사랑으로 살았다. 아내의 힘으로 살았다. 아내의 그 사랑 덕분에 오늘 아침도 떠오른 해를 맞이할 수 있었다.

대학을 졸업하고 들어간 곳은 광고회사였다. 거기서 나는 카피를 썼다. 어릴 적부터 즐기던 글을 써서 먹고 살 수 있다는 생각에 만족했다. 하지만 광고 크리에이티브의 과정은 간단한 것이 아니었다. 나는 수시로 철야 작업을 했고, 툭하면 집을 비웠다.

아내는 그런 나의 가장 큰 원군이었다. 아내는 내가 쓴 광고문구를 모두 외우고 있을 정도로 내 카피의 열혈 팬이었다. 하지만, 크리에이티브의 길은 짧았다. 대부분의 광고전문가가 그렇듯이, 40대를 넘어서면서 업계의 뒷전으로 밀려나기 시작했다. 서글펐지만, 그것은 현실이었다. 그러다가 40대 중반에 회사에서 나왔다. 정확하게 말하면 회사에서 밀려났다. 업계는 더 이상 나의 글을, 나의 머리를 필요로 하지 않는 것 같았다.

40대 중반의 카피라이터가 갈 수 있는 곳은 많지 않았다.

아니 없었다. 나를 부르는 곳도, 내가 두드린 문을 열어주는 곳도 없었다. 글을 써서 먹고사는 일을 계속하고 싶었지만, 카피로 다져진 나의 글, 광고업계에서 쌓은 나의 경력을 필요로 하는 곳은 다 숨어버린 것 같았다.

"뭐가 하고 싶어요?"

어느 날, 아내는 회사에서 밀려 나와 하는 일 없이 소일하던 나에게, 내가 좋아하는 아구찜을 앞에 놓고 이렇게 물었다.

"외국에나 한 번 나가서 살아보고 싶은데…."

"외국에 가서 뭐가 하고 싶은데요?"

"응, 외국 말도 배우고, 글도 쓰고, 여행도 다니고…. 헤헤 정신 나갔지 나?"

아내는 아무 말도 하지 않았다. 우리 둘 사이에는 상당히 오랜 시간 정적이 흘렀다.

"아니에요, 정신 나가지 않았어요. 한 번 다녀와도 돼요. 그동안 고생 많았잖아요. 그럴 자격 충분히 있어요."

승수가 고등학교 2학년에 다니던 때였다. 당시 승수는 공부를 제법 잘했다. 잘 키우면, 남들이 부러워하는 '사(士)자' 직업도 가질 수 있을 것 같다는 생각도 한 적이 있다. 아내는 그런 상황에서 실직을 한 내가 원망스러울 수도 있었지만, 단박에 나의 꿈을 들어주겠다고 나섰다.

사실 그건 꿈이랄 것도 없었다. 나이 마흔이 넘은 아저씨가 외국에 나가서 뭘 한단 말인가? 그 나이에 학위를 받아와서 대학 강단에 선다는 것도 말이 안 되는 상황이었다. 그러나 당시 내 머릿속에는 그것밖에 없었다. 나를 절벽으로 민 세상과 헤어지고 싶었다.

어쩌면, 나를 밀어낸 그 사람들에게 '나는 너희들보다 더 좋은 곳으로 갔다'고 말하고 싶었는지도 모르겠다.

그렇게 나는 짐을 쌌다. 처음 도착한 아일랜드 더블린의 우중충한 날씨는 지금도 기억에 선명하다.

내가 나를 그 낯선 곳에 놓는 대신, 아내는 고국에 남아 일터로 나갔다. 대학 때 따놓은 국어 교원자격증과 출판사 근무 경력 덕분에 작은 출판사의 교정직 자리를 얻게 된 것이다.

"오빠가 원하는 거잖아요. 오빠가 하고 싶어 하는 거잖아요."

더블린의 작은 월세 집에 짐을 풀고 난 뒤 떠오른 아내의 그 말은 나의 눈물샘을 한참 동안 아프게 자극했다.

그때 그 기억이 또렷하다.

아내는 방에서 나오지 않았고, 나는 거실에서 현도안 선생님을 찾고 있었다.

'○○대학교 현도안 교수'

인터넷을 통해 검색하니 제법 많은 정보가 올라와 있었다. 현도안 교수는 희곡을 쓰는 사람이었다. 그가 쓴 희곡 중 상당수는 대학로 등의 무대에서 공연되기도 한 것을 알았다. 중학교에서 교편을 잡고 있던 현도안 교수는 중간에 학위를 따서 대학으로 자리를 옮긴 것으로 나와 있었다.

현도안 교수는 대학에 재직할 때까지만 해도 왕성한 작품활동을 한 것을 알 수 있었지만, 정년퇴임 이후의 행적은 좀처럼 확인되지 않았다.

그러다가 현도안 교수가 청양군에 있는 한 고등학교에서 연극을 지도하고 있다는 지방신문 기사를 발견했다. 학교를 통해 연락처를 알아냈다.

이런 상황을 기쁘다고 할 수 있을까?

기뻤다. 아내의 첫사랑을 찾아냈는데, 나는 기뻤다. 진심으로 기뻤다.

얼마 전 현도안 교수가 쓰던 연구실 앞에서 아내가 보인 눈물의 의미를 알기에 나는 더욱 기뻤다.

그건 그 힘든 시기, 나를 아픈 세계에서 구해준 아내의 그 용기, 그 사랑에 대한 마지막 보은의 기회라고 생각했기 때문인지도 모르겠다.

아내가 가장 원하는 것은 무엇일까? 지금 아내가 원하는 것, 그것을 찾아서 해주는 것이 나에게 남겨진 유일한 책무가 아닐까?

갈수록 상황이 심각해지고 있는 아내를 볼 때마다 그런 생각이 든다. 그래, 아내가 원하는 모든 것을 해주자.

3월 28일

오빠가 현도안 선생님에 대해 열심히 찾아본 모양이다.

아니다, 이건 아니다. 내가 원하는 건 이게 아니다.

믿어지지 않는다. 나는 현도안 선생님에 대해 알고 싶은 것이 하나도 없다. 만나고 싶지도 않고, 알고 싶지도 않다. 사실, 관심도 없다. 이게 진실이고 이게 진짜다.

이제 와서 선생님을 만나서 어쩌자는 것인가? 내가 모르는 나에게 물어보고 싶다. 이제 와서 선생님을 찾아서 어떻게 하겠다는 것인가? 나는 왜 현도안 선생님을 찾아 나서려고 하는 것일까?

내가 모르는 나, 정말로 무섭다.'내가 모르는 나의 존재'가 있다는 사실, 그 사실이 두렵다. 나는 도대체 어디로 가려고 하는 것일까? 나는 도대체 어디로 가고 있는 것일까? 내가 지향하는 방향은 어디인가? 지금 내가 모르는 내가 가고자 하는 곳 그곳은 어디인가? 결국, 오빠가 그저 나를 데리고 다녀야만 하는, 불편한 장소 아닌가?

내가 모르는 나를 나의 의지대로 통제할 수 있는 방법은 없는 것일까?

4월 12일 모모는 철부지

"현도안 선생님은 정말로 좋은 분이셨단다. 승수야."

"…"

다시 차를 타고 나설 때, 아내는 입을 열었다. 아내는 차가 동네를 빠져나가기가 무섭게 현도안 선생님 이야기를 꺼냈다.

"'모모'였어."

"…."

"내가 중학교 3학년 때 유행하던 그 노래. 선생님이 혼자서 자취를 하시는 방의 문을 열었을 때 흘러나온 노래가 그 노래였어. 김만준의 〈모모〉."

"모모는 철부지 모모는 무지개
모모는 생을 쫓아가는
시계 바늘이다
모모는 방랑자 모모는
외로운 그림자
너무 기뻐서 박수를 치듯이
날개짓 하며

날아가는 니스의 새들을
꿈꾸는 모모는 환상가
그런데 왜 모모 앞에 있는
생은 행복한가
인간은 사랑 없인
살 수 없단 것을
모모는 잘 알고 있기 때문이다
모모는 철부지 모모는 무지개
모모는 생을 쫓아가는
시계 바늘이다
모모는 철부지 모모는 무지개
모모는 생을 쫓아가는
시계 바늘이다

모모는 철부지 모모는 무지개
모모는 생을 쫓아가는
시계 바늘이다
모모는 방랑자 모모는 외로운 그림자
너무 기뻐서 박수를 치듯이
날개짓 하며

날아가는 니스의 새들을
꿈꾸는 모모는 환상가
그런데 왜 모모 앞에 있는
생은 행복한가
인간은 사랑 없인 살 수 없단 것을
모모는 잘 알고 있기 때문이다."

아내는 나직한 목소리로, 그 노래를 2절까지 불렀다.

〈모모〉. 그 시절, 나도 참 많이 들었던 노래다.

노래를 다 부른 아내는 현도안 선생님의 자취방에 드나들었던 이야기를 했다.

"그때 나는 연극반이었거든. 멋진 연극배우가 되는 것이 꿈이었는데…."

현도안 샘님은 자주 연극반 아이들을 자신의 자취방으로 불러 연극에 대해, 희곡에 대해 이야기를 해줬다고 했다. 중학교 연극반에서 활동하던 아내는 선생님으로부터 희곡 작법을 배우는 것을 무척 즐겼고, 주말이나 휴일에는 선생님의 자취방을 찾곤 했다고, 아내가 설명했다.

"내가 좋아한 것은 연극도, 희곡도 아니었는지 모르겠다. 그냥 현도안 선생님의 힘에 빨려갔거든. 멀리 복도로 선생님이 지나가시는 것만 봐도 가슴이 울렁거리곤 했는데….”

아내는 승수에게 첫사랑을 이야기했고, 그 이야기는 남편인 내가 듣고 있었다.

“정말로 모든 것이 좋았다. 선생님의 웃음이, 옷이, 말 한마디 한마디가, 목소리가….”

“…”

“그러던 어느 날, 선생님이 갑자기 서울로 떠나신다는 소식이 들리더구나. 학년이 끝나면 가시기로 했다고. 왜 떠나시는지는 전혀 알 수가 없었고.”

“…”

“선생님은 정말로 대단하신 분이셨다. 3학년을 마치고 졸업식이 얼마 남지 않은 날이었어. 졸업식 준비 때문에 학교에 갔다가 선생님을 만났는데, 선생님께서‘이번 토요일 오전에 사거리에서 좀 만나자’고 하시더구나. 너무나 기쁘고, 가슴이 두근거려서 그날 한잠도 못잤단다.”

“…”

“사거리에서 나를 만난 선생님께서 오늘 시간 있냐고 묻더라. 그래서 있다고 했더니,‘그럼 같이 가자’고 하면서 근처 사진관으로 나를 데리고 가셨어. 거기서 우리는 멋진 기념사진을 한 장 찍었다. 덕분에 태어나서 처음으로 사진관에서 사진을 찍었는데, 어찌나 쑥스럽던지."

"사진을?"

"그래 사진. 그날 사진을 찍고 나서 선생님은 근처 중국집에 가서 맛있는 짜장면을 한 그릇 사주시면서, 이렇게 말씀하시더라. '나는 너의 맑은 그 마음이 너무 좋다. 잊지 않을게'."

"…"

"그렇게 끝이 났단다. 나는 여고로 진학을 했고, 선생님은 서울로 가셨기에 나는 더 이상 연락도 할 수 없었고, 만날 수 있는 기회도 없었단다. 주소라도 물어보고 싶었는데, 끝내 말이 떨어지지 않더구나."

"…"

"그런데 말이야. 한 달쯤 지났을까? 집으로 한 장의 편지가 와 있더구나. 발신인은 현도안 선생님이었고. 서둘러 봉투를 뜯어보니, 거기에 선생님과 내가 찍은 멋진 흑백사진 한 장이 담겨 있더구나."

"…"

"눈물이 '뚝' 하고 떨어지더구나. 반가워서였을까? 아니면 보고싶어서였을까? 지금도 그때 내 마음은 나도 잘 모르겠구나. 그런데 요즘 왜 그리도 그 선생님이 보고 싶은지…."

한참 이야기에 빠져 있던 아내는 어느새 잠이 들었다. 아침부터 나선 길이 피곤했던 모양이었다.

아내가 조용해지자,'현도안'이라는 사람의 이름이 입안을 맴돌았다.

현도안.

아내의 첫사랑.

아내에게 그런 순수한 첫사랑이 있었으리라고는 상상하지 못했다. 아내의 고백 아닌 고백을 들으면서, 참으로 아련하다는 생각을 했다.

무엇보다 현도안이라는 사람의 크기에 감동했다.

선생님은 당시 아내가 자신을 정말로 좋아하고 있고, 그게 너무나도 순수한 감정이었다는 것을 다 알고 있었다는 생각이 들었다. 현도안 선생님은 아내의 그 순수한 사랑의 감정을 온전하고 아름다운 추억으로 지켜주겠다고 생각했던 게 틀림없다.

먼 서울로 떠나가면서 자신을 좋아하는 아이와 사진을 찍어 추억을 남겨주는 그 배려, 그 배려의 폭과 깊이는 제3자인 내가 느끼기에도 대단했다.

그런 생각을 하다 보니, 나도 현도안 선생님을 빨리 만나보고 싶다는 생각까지 들었다.

도대체 어떤 분일까? 아내를, '코스모스의 순수'를 먼저 알아본 그분은 과연 어떤 분이실까?

선생님을 만나면 무슨 얘기를 할까? 아니 무슨 이야기를 할 수 있을까? 아니 내가 할 수 있는 얘기가 있기는 할까?

이런저런 상념에 잡혀 있는 사이 차는 천안을 지나고 있었다. 첫사랑 이야기를 한참 풀어놓고 잠이 든 아내의 얼굴은 여전히 예뻤다.

내비게이션이 이끄는 차는 청양읍을 지나 시골길을 잘도 달렸다. 잠에서 깨어난 아내는 태어나서 처음 보는 풍경이라는 듯, 연신 주변을 두리번거렸다.

"저기 저 집인 것 같아. 내비 보니까."

"그래 빨리 한 번 가보자."

집은 작고 단아했다. 개량한 농가주택의 지붕에는 파란색 페인트가 칠해져 있었고, 마당에는 넓은 툇마루가 하나 놓여 있었다. 툇마루 뒤쪽 벽에는 농민이 신명 난 춤을 추는 모습이 대형 벽화 형태로 그려져 있었다.

"누구를 찾으시죠?"

"여기가 현도안 선생님 댁이라고 해서…."

"예, 맞는데. 제 남편이에요. 하지만, 지금은 집에 없네요."

"그럼 어디에 계신지?"

"예, 그게…."

"옛날 제자인데 잠깐만 인사라도 드리려고 하는데…."

"아, 그러세요. 어려운 걸음 하셨는데, 사실은 남편이 지금 요양병원에 있거든요. 누구도 만날 수 있는 상황이 아니어서…. 본인도 원하지 않으시고요."

"아, 많이 편찮으신가요?"

"네, 몇 년 되셨어요. 지금은 사람도 잘 못 알아보셔서…. 오셨으니 저기 좀 앉으세요. 제가 구기자차 한 잔 내올게요."

"네, 괜찮습니다만…."

"여기가 남편이 연극을 하던 곳인데요. 이 툇마루에서 읍내 사람들과 함께 작은 연극무대를 만들곤 했어요."

"…."

"남편의 자존심을 지켜주고 싶어요. 남편은 자신이 나약해진 모습을 다른 사람에게 보여주는 것을 무척 싫어했어요. 지금은 내 얼굴도 알아보지 못하지만, 언젠가 정신이 돌아온다면 그런 자신의 모습을 다른 사람이 봤다는 사실을 안다면 크게 상심할 거 같아요."

"…"

"그래서 우리 아이들 이외에는 그 누구도 면회를 안내하지 않고 있어요. 이해해 주시기 바래요."

아내의 눈에 눈물이 핑 도는 것이 보였다. 툇마루를 쓰다듬으며 이야기를 듣던 아내의 손등 위로 눈물 한 방울이 뚝 떨어졌다.

"네, 잘 알겠습니다."

대답하는 아내의 목소리가 너무 작아 거의 들리지 않았다.

아내는 '집으로 가자'며 내가 팔을 억지로 끌 때까지 꼼짝도 하지 않고 그 자리에 앉아있었다.

4월 13일

오늘은 오빠에게 설명을 좀 해야겠다.

중학교 때, 나는 선생님이 보고 싶다거나 그립다는 생각을 한 적이 단 한 번도 없었다. 내가 선생님을 보고 싶어 한다는 것 자체가 성립될 수 없다고, 나는 생각했다.

그만큼 선생님은 절대적인 존재였다. 나는 선생님에게 아무것도 기대하지 않았다. 선생님이 서울로 떠나시는 것도 서운하지 않았다. 거인의 미리 정해진 발걸음, 정해진 운명처럼 받아들여졌다. 그건 나의 미약한 힘으로는 막을 수 있는 일이 아니라는 것을 직감하고 있었는지도 모르겠다.

선생님이 남겨주신 그 사진은 '거인의 마음'이었다. 내 머리 위로, 내 가슴 위로 뚝 떨어진 거인의 마음이었다. 그때는 거인의 마음을 알지 못했다.

하지만, 고등학교에 진학하고, 오빠를 만나고, 대학에 가고, 결혼하고 한 단계씩 성장해 나가면서 거인의 마음을 알게 되었다.

선생님은, 나의 선생님에 대한 순수한 마음을, 아니 그 마음의 형상을 인화지에 담아서 나에게 남기신 것이었다. 그저 남겨주신 것뿐이다.

그 사진은 지금까지 아무에게도 보여주지 않았다. 내가 중학교 때

읽었던 책 안에 넣어 놨을 뿐이다.

내가 그 사진의 존재를 잊은 건 아니지만, 그렇다고 그걸 가끔이라도 꺼내 본 것도 아니다. 그냥 내 마음속의 거인으로 남아있었기 때문이다.

'나도 모르는 내가 내 마음속의 거인을 찾아 나선 것일까?'

하지만 결과는 무엇인가? 결국 거인이 쓰러진 것을 확인한 것뿐 아닌가?

내 마음의 거인은 지금 자신도 알아보지 못하는 병자가 되어있다.

거인은 쓰러졌다. 그게 현실이다. 거인은 처음부터 이 땅에 존재하지 않는다. 거인이란 없다. 그게 현실이다.

아니다. 거인은 있다. 내가 모르는 나를 위해 먼 길을 마다하지 않는 오빠, 그가 거인이다. 그렇다. 거인은 오빠다.

잠을 자고 일어나면 아무것도 생각나지 않는 이 황당함, 이후에 나타나는 무력감. 그게 나를 지치게 한다. 매일 나를 괴롭힌다. 내가 모르는 나, 그 나를 괴롭힌다. 매일.

4월 20일 비 내리는 호남선

"비 내리는 호남선 남행열차에
흔들리는 차창 너머로
빗물이 흐르고 내 눈물도 흐르고
잃어버린 첫사랑도 흐르네
깜빡 깜빡이는 희미한 기억 속에
그때 만난 그 사람
말이 없던 그 사람
자꾸만 멀어지는데
만날 순 없어도 잊지는 말아요"

어떤 사람은 박수를 쳤고, 어떤 사람은 노래를 불렀다. 어떤 사람은 덩실덩실 춤을 추었고, 어떤 사람은 그냥 멍하고 앉아있었다.

요양병원 안은 밝았다. 옅은 연두색 계열의 내부 인테리어는 사람을 편안하게 했다. 당초 생각했던 것보다 밝아서 좋았다. 아내나 나나 요양병원을 실제로 가본 것은 처음이었다.

"선생님이 보고 싶다. 승수야."

아내는 현도안 선생님의 부인으로부터 선생님이 요양병원에 입원해 있다는 이야기를 들은 이후 자주 선생님을 찾았다. 때로는 선생님이 있는 곳을 찾아달라고 요청하기도 했다. 아내가 현도안 선생님을 만나고 싶다고 말을 할 때는 나를 승수로 생각하고 있을 때였다.

처음에는 아내를 설득했다. 선생님 본인은 물론 부인도 원하지 않는 만큼 찾지 말자고 말했다. 그때마다 아내는 고개를 끄덕였다.

하지만, 아내는 그렇게 대답한 사실을 완전히 잊은 듯 다시 선생님을 찾아달라고 떼를 쓰곤 했다.

하는 수 없이 선생님의 부인에게 전화를 걸어 사정을 했다. 딱 한 번만 만날 수 있는 기회를 아내에게 만들어주고 싶다고 말했다.

선생님 부인은 그때마다 완곡하게 거절했지만, 결국 선생님이 입원해 있는 병원을 알려줬다.

요양병원 사무실로 가는 복도 옆에 강당이 하나 있었다. 그 안에서는 노인들이 노래 선생님의 선창에 맞춰 노래를 부르고 있었다.

노랫소리가 하도 신이나 나도 모르게 아내와 함께 그쪽으로 갔다. 살며시 문을 열고 안으로 들어갔다. 40~50명은 족히 될 것 같았다.

노인들이 노래 선생님 앞에 모여 즐겁게 노래를 배우고 있었다.

"비 내리는 호남선 마지막 열차
기적소리 슬피 우는데
빗물이 흐르고 내 눈물도 흐르고
잃어버린 첫사랑도 흐르네
깜빡 깜빡이는 희미한 기억 속에
그때 만난 그 사람
말이 없던 그 사람
자꾸만 멀어지는데
만날 순 없어도 잊지는 말아요
당신을 사랑했어요
만날 순 없어도 잊지는 말아요"

노래가 2절로 접어들자, 앞으로 나가 덩실덩실 춤을 추는 노인이 늘어났다.

'이 정도면 요양병원도 괜찮겠는데…'

나는 속으로 그런 생각을 하면서 노래를 듣고 있었다.

"승수야 나가자."

아내가 갑자기 내 손을 잡고 밖으로 나갔다. 전혀 예상하지 못했던 일이었다.

"아니 왜 그래?"

"아니다. 선생님 안 만나겠어. 어쩌면 저 중에 한 분일지도 모르잖아. 싫어. 그런 현도안 선생님을 보는 게 싫어."

아내는 병원 사무실에 들러야 한다는 사실을 까맣게 잊고 있었다. 아내는 무작정 병원 밖으로 나갔다.

차로 돌아가는 아내는 아무런 말도 하지 않았다. 차가 출발했을 때쯤의 일이다.

"지옥이야. 저긴 지옥이야. 어떻게 저런 곳에서 살지? 난 못 살아."

아내가 갑자기 머리를 움켜쥐면서 소리를 질렀다.

"마치 대기소 같았어. 죽을 순서를 기다리는 사람들이 기다리는 대기소."

"아니 왜 그렇게 생각해. 노인들이 신나게 잘 놀고 있어서 좋던데."

"좋기는 뭐가 좋아. 넋 놓고 앉아서 아무 생각 없이 박수치는 할머니 봤지? 나는 절대로 이런 곳에 안 올 거야."

아내는 현도안 선생님을 만나러 갔다는 것은 까맣게 잊은 듯했다. 어쩌면 자신도 이런 곳에서 살아야 할지 모른다는 생각을 하고, 스스로가 놀란 것 같았다.

"승수야. 나 절대로 안 간다. 이런 곳에서 나는 하루도 못살아. 빨리 집으로 가자."

차가 출발하자 아내는 바로 잠이 들었다. 충격을 받거나, 놀라고 난 뒤 아내는 늘 그랬다. 한숨 푹 자고 나면 기억이 말짱해지곤 했다.

"우리 어디 다녀오는 거죠?"

"응, 그냥 바람 쐬러 나왔잖아."

"아니에요. 저 생각나요. 병원에 갔었잖아요. 나를 병원에 집어넣으려고 하는 거지요?"

아내는 나를 아들 승수가 아니라 다시 남편 김상혁으로 보고 있었다.

"아니야. 무슨 얘기야 절대로 그럴 일 없어. 언제나 내가 곁에 있어줄 거야. 걱정 마."

4월 21일

빠알간 저녁 해가 서쪽 하늘에 걸려있다.

긴 악몽에서 빠져나온 것 같다. 차에서 내리자마자 잠이 들었었나? 그런데 오빠는 어디 있지? 무슨 일을 하고 있지? 아, 거실에 있네. 오빠가 뭔가 일을 하는 소리가 들리네.

나는 이럴 때가 제일 편안하다. 오빠는 밖에서 나를 지키며 일을 하고 있고,

온전하게 나로 돌아온 내가 온전한 나와 마주하고 있는 이 시간. 이 시간이 가장 편안하다.

요양병원. 현도안 선생님, 승수, 비내리는 호남선, 노인들….

내가 모르는 나의 세계에 등장한 것들. 오빠가 나에게 전해준 것들이다. 그 풍경은 낯이 설지만, 낯이 익다.

한 가지 분명한 기억이 있다. 분명하게 떠오르는 기억이 있다. 요양병원과 노인들.

요,양,병,원

4월 30일 사진 속의 첫사랑

현도안 선생님이 입원했다는 소식, 선생님이 사람을 알아보지 못한다는 소식은 아내에게 커다란 충격을 준 것 같았다. 아내는 그 현실을 받아들이기 어려워 했다.

"승수야 우리 선생님 너무 멋지지?"

아내는 얼마 전부터 나에게 그 사진을 보여줬다. 중학교 졸업 후 선생님과 함께 찍었다는 그 사진이었다. 사진은 흑백이었지만, 그 사진 속 아내는 역시 코스모스였다. 단정하게 빗어 넘긴 머리에 큰 키. 영락없는 코스모스였다. 아내는 내가 알기 전부터 코스모스였는지도 모르겠다는 생각을 했다.

사진으로 처음 본 젊은 시절의 현도안 선생님은 다부진 인상을 하고 있었다. 생각보다 키가 크지는 않았지만, 강단이 있어 보였다. 현도안 선생님은, 한 손으로 아내의 어깨를 가볍게 잡은 채 전면을 응시하고 있었다.

아내는 선생님과 사진관에서 사진을 찍은 이후 단 한 차례도 선생님을 만난 적이 없다고 했다. 선생님이 고등학교에 들어간 아내에게 사진을 보내준 것 이외에 연락도 없었다고 했다.

현도안 선생님은 왜 아내와 사진을 찍었을까? 그 사진을 아내에게 보냈을까?

정확한 이유는 아내도 알지 못하는 상태였다. 아내는 나를 승수로 알고 현도안 선생님과의 일을 자세하게 이야기한 그 날, 자신이 갖고 있는 생각의 일단을 드러낸 적이 있다.

"그 사진을 받았을 때 얼마나 울었는지…. 엄청 기쁘더라. 그런데, 그걸로 끝이었어. 선생님을 다시 찾아야 한다거나, 다시 만나야 한다는 생각은 처음부터 들지 않았어. 아마도 선생님께서 멀리 떠나셨다는 생각을 했던 것 같기도 하고. 당시 내 생각으로는 선생님이 결혼을 하시기 위해 떠나셨다는 생각을 했는지도 모르겠구나. 막연하게."

"…"

"선생님은 한때 내 삶의 의미였는지도 모르겠다. 절대적인 존재였다고도 할 수 있겠고. 그런데 그걸로 끝이더라. 나도 놀랐어. 더 이상 선생님을 찾게 되지는 않았으니까. 사진이 들어있던 편지봉투에 주소가 있었으니까 언제라도 찾아가 뵐 수 있었지만, 나는 그렇게 하지 않았어. 아니 그렇게 하겠다는 생각도 들지 않더구나."

나는 아무런 대꾸도 할 수가 없었다.

"그렇게 세월이 흘렀다. 선생님을 만나고, 좋아하고, 함께 사진을 찍고, 만나지 못하고…. 그 모든 것은 꿈이었는지도 모르겠다. 고등학교에 들어가서 새로운 친구가 몇 명 생겼고, 특히 고등학교 연합 문학동아리에 가입하게 되면서 나는 다시 현실 속으로 빠져들었단다. 그 동아리에서 네 아빠를 만나면서 나는 다시 현실의 남자를 좋아할 수 있게 되었고…."

"아…."

내 입에서는 나도 모르게 그런 말이 튀어나왔다.

"이후 결혼을 하고, 너를 낳고…. 나도 많은 인생의 경험을 쌓으면서 어른이 되었지. 어른이 되고 나서 뒤늦게 알겠더구나. 선생님께서 내 마음속의 멋진 보석을 하나 만들어 주시기 위해 사진관에서 가서 기념사진을 찍어주셨다는 것을 말이다."

아마도 증상이 악화되지 않았다면, 아내는 선생님을 찾아가지 않았을 것이라는 생각이 들었다. 아내도, 선생님의 그 깊은 배려를 잘 알고 있기에 현실 세계의 선생님을 다시 찾는 일은 하지 않았을 것이다.

하지만, 아내가 찾아 나선 현실의 현도안 선생님은 아내에게 큰 충격과 함께 불안을 안겨줬다.

"선생님께서, 우리 현도안 선생님께서 병원에 계시다니. 그 멋진 분께서…."

이 말을 하는 아내의 눈에는 공포감이 가득했다. 아내는 가끔씩 자신이 처한 처지를 인지하고 슬픔에 휩싸이곤 했다. 특히 아내는 자신도 현도안 선생님처럼 될지도 모른다는 생각에 몸을 부르르 떨곤 했다.

"승수야, 나는 절대로 안 간다. 절대로 병원에 입원하지 않을 테니까, 쓸데없는 소리 하지 마! 사모님이 왜 현도안 선생님을 입원시켰는지 나는 모르겠구나. 이해할 수가 없어."

아내는 현도안 선생님이 입원했다는 소식을 접한 이후 선생님의 사모님을 원망하는 말을 자주 했다. 그러면서 자신은 현도안 선생님처럼 되지 않겠다는 이야기를 자주 했다.

"아무도 없는 곳에, 식구가 하나도 없는 곳에 나를 놔두겠다고? 네 아빠 오라고 해. 도대체 왜 그러는지 내가 따져보고 싶구나. 안 된다. 절대로 안 된다. 나를 버리겠다고? 내가 네 아빠에게 어떻게 했는데…."

아내는 그 누구도 입원 이야기를 하지 않았지만, 자주 자신이 입원하는 상황을 상정하고는 그것을 두려워하는 모습을 보이곤 했다. 그러면서 남편인 내가 자신을 병원에 입원시켜 버릴지 모른다는 생각을 하는 것 같았다. 그게 아닌데….

4월 30일

오빠, 아니에요. 내가 잘못 생각했어요. 내가 오빠에게 너무나 큰 부담이 되고 있어요. 더 이상은 안 돼요. 오빠의 부담이 너무 커요. 이제 나를 입원시켜주세요. 이제 무섭지 않아요. 나도 혼자 지낼 수 있어요. 아니, 이제 혼자 지내야만 돼요.

노력해볼게요. 무섭겠지요. 특히 밤이 되면 더욱 두렵겠지요. 그리고 오빠가 그립겠지요. 오빠의 품이 절실해지겠지요. 하지만, 견딜게요. 견뎌야지요.

하나만 약속해 주세요. 1주일에 한 번은 꼭 면회를 와주세요. 오빠 부탁이에요. 내일은 꼭 입원시켜줘요.

5월 1일 장모님의 죽음

장모님은 돌아가시기 전 사위인 나를 알아보지 못하셨다. 장모님은 아내처럼 단아한 모습으로 늙으셨다. 비록 체구는 작았지만, 기품은 대단하셨다. 그 어떤 상황에서도 당황하지 않으셨고, 남들 앞에서는 그 어떤 부끄러운 행동도 하시려 하지 않았다.

장모님은 젊으셨을 때부터 즐겨온 서예 실력이 특히 출중하셨다. 하얀 화선지 위에서 붓을 놀리시는 장모님의 모습은 멋지고 아름다우셨다.

하지만, 장모님은 언제부턴가 기품을 유지하지 못하셨다. 처음에는 대화 중에 갑자기 엉뚱한 단어를 말해서 주변 사람들을 당혹스럽게 하셨다. 장모님의 변화는 주변 사람들이 당혹스러워할 만큼 빨랐다. 너무나 급작스러웠다.

장모님은 사소한 일에도 극도의 불안 증세를 보이시곤 했다. 날씨가 조금이라도 추워지면, 세탁실의 수도관이 얼어붙지나 않을까 걱정하셨고, 날씨가 조금 풀리면 식중독 걱정에 식사를 제대로 하지 못하셨다.

장모님은 결국 스스로의 존재가치를 잃어버리셨고, 삶의 모든 것을 포기한 것 같은 사람으로 변하셨다.

장모님은 돌아가시기 직전쯤부터 사람을 거의 알아보시지 못했다. 사위인 나를 봐도 아무런 반응을 보이시지 않는 경우가 많았다. 장모님의 이런 변화는 가족들을 고통으로 몰아넣었다.

장모님은 그렇게 세상을 떠나셨다. 증상이 워낙 빨리 진행돼 가족들이 겪은 고통의 시간은 길지 않았다. 하지만, 고통의 강도는 그 누구에 비할 수 없을 정도로 셌다.

아내는 장모님을 위해 해드린 것이 없었다는 것을 자책하면서도 자신도 그렇게 되는 것에 대해 극도의 불안감을 드러냈다.

"나도 엄마처럼 되는 거 아닐까요?"

아내는 자신에게서도 장모님과 같은 증상이 나타날지 모른다는 생각에 잠을 뒤척이곤 했다. 하지만 아내가 장모님의 죽음을 입 밖으로 내는 경우는 많지 않았다.

어쩌면, 장모님이 겪은 일을 자신도 겪어야 할지 모른다는, 그 생각과 마주하고 싶지 않았는지도 모르겠다.

5월 1일

엄마가 보고 싶다. 엄마가 너무나 보고 싶다. 하지만, 엄마를 생각하고 싶지는 않다. 엄마가 마지막에 나에게 보여준 그 모습, 모든 것을 잃은 그 모습은 다시 떠올리고 싶지 않다.

나는 엄마처럼 되고 싶지 않다. 절대로 엄마처럼 죽고 싶지 않다. 엄마는 저세상에서 나를 만나면 나를 알아볼까?

아니 내가 저세상에서 엄마를 만난다면, 나는 엄마를 알아보기는 할까?

5월 5일 요강을 들여놓던 날

"이걸 좀 팔에 차고 다녀도 되겠어? 팔찌야. 이쁘지?"

이름, 주소, 전화번호 등이 들어간 팔찌 형태의 인식표를 아내의 팔에 채우고야 말았다. 365일 24시간 곁을 지켜주겠다고 다짐을 하면서도, 나는 그걸 끝내 아내의 팔에 채웠다.

승수가 초등학교에 들어가던 날, 승수의 가슴에 달아준 이름표는 기쁨의 표식이었다. 우리 아이가 새로운 세계로 들어간다는, 스스로의 힘으로 새로운 삶을 시작한다는 기쁨이 마음 깊은 곳에서 밀려왔던 기억이 생생하다.

그러나 아내의 인식표는 그 반대다. 그동안 아내가 자신의 힘으로 영위해온 자신만의 세계에서 누군가의 도움을 받지 못하면 버틸 수 없는, 자아라고는 찾아볼 수 없는 타인의 세계로 떨어져 버리는 그런 것이었다.

하지만 마음 한 켠에서는 안도감이 몰려왔다. 만일의 사태, 그러니까 아내가 나와 떨어져서 어디선가 길을 잃는 경우 누군가 나에게 연락을 해줄 것이라는 믿음이 생겼기 때문이다.

아내는 그게 인식표라는 것을 아는지 모르는지 연신 팔을 들었다 놨다 했다.

나는 하루 종일 톱질과 망치질을 했다. 요즘 들어 부쩍 잘 넘어지는 아내가 안전하게 생활할 수 있는 공간을 만들기 위해서였다.

우선 가구 등 집안 곳곳에 있는 뾰족한 부분을 없애는 작업을 했다. 얼마 전 아내는 거실에서 넘어져 TV를 받쳐놓은 장식장 모서리에 이마를 다쳤다. 나는 뾰족한 부분을 뭉툭하게 갈아놓거나, 가는 것이 불가능한 경우에는 헝겊이나 고무 등을 대는 작업을 했다. 일을 시작하니 작업을 해야 할 곳이 너무나 많이 생겼다. 따지고 보니, 이런 환자들이 생활하기에는 위험성이 너무나 많은 것이 우리의 주거환경이라는 생각이 들었다.

가구점에 나가 침대를 바꿨다. 우선 높이가 낮은 침대를 골랐다. 요즘 아내가 자주 침대에서 떨어지기 때문이다. 다리 등의 근육이 많이 줄어든 아내는 운동능력이 크게 저하돼 있다. 예전에는 아무런 문제가 없던 문턱조차 제대로 넘지 못하고 넘어지곤 했다. 넓이도 예전에 비해 훨씬 넓은 것을 골랐다. 잠을 뒤척이는 경우가 많은 아내가 밤새 침대를 빙빙 돌기 때문이다. 이러다가 아내가 떨어질지도 모른다는 생각에 언젠가는 바꿔야겠다고 생각해오던 터였다.

화장실에는 넘어져도 충격이 적은 쿠션형 매트를 깔았다. 방안에서 슬리퍼를 신지 않고도 화장실을 드나들 수 있도록 변기 앞까지 매트를 깔았다.

망설이던 요강은 결국 들여놓기로 했다. 소변이 마렵다고 잠자리에서 일어난 아내가 화장실에 가기도 전에 오줌을 싸는 경우가 너무 잦았기 때문이다. 요강은 침대 끝쪽에 놨다. 침대 옆에 놨다가는 아내의 발에 걸릴 수 있기 때문이다.

"아니 이게 뭐예요?"

"아 요강이야. 화장실 다녀오기 힘들 때는 여기에서 해."

"뭐라고? 나보고 이 요강에서 오줌을 누라고? 도대체 왜 그래? 내가 무슨 아기야? 요즘 왜 나를 이렇게 애 취급을 하지?"

아내는 갑자기 화를 내기 시작했다. 아내의 머릿속에 요강은 아이나 쓰는 것으로 인식돼 있는 모양이었다. 사실이 그랬다. 나나 아내가 어릴 적 일부 가정에서는 요강을 썼다. 대부분 방안에 들여놓고 썼는데, 아이들이 급한 볼일을 보도록 하기 위한 것이었다.

하지만, 요강은 아내에게 너무나도 편리한 도구였다. 무엇보다도 아내가 화장실까지 가지 않아도 일을 볼 수가 있어서 좋았다. 이런 이유로 아내는 집에 요강을 들여놓자마자 애용하기 시작했다.

그런데 문제가 하나 있었다. 요강을 들여놓은 뒤 방안에서 지린내가 강하게 풍기기 시작한 것이다. 아내가 용변을 보고 나서 바로 요강에 들어있는 오줌을 변기에 버리면 괜찮은데, 사실 그게 쉽지 않았다. 내가 거실에서 TV라도 보고 있는 사이에 아내가 볼일을 봐버리면 몇 시간씩 그냥 방치되기도 했다.

하지만, 아내의 오줌에서 나는 지린내는 금방 익숙해졌다. 원래 사람의 코는 바로 익숙해진다고는 하지만, 아내의 오줌에서 나는 지린내는 정말로 빨리 극복됐다.

사실 아내의 지린내는 아내의 존재를 증명하는 것이기도 했다. 낮잠이라도 자다가 깨어나면, 그 지린내를 맡으면서 내 곁에 내 사람이 있다는 사실을 느끼곤 했다. 그런 느낌은 안도감으로 다가왔다.

그랬다. 요강은 아내의 '존재증명', 그런 것이었다.

5월 5일

오빠! 너무 고마워요.

그런데 부탁이 하나 있어요. 내가 요강에 볼일을 볼 때는 절대로 나를 보지 말아줘요.

5월 8일 텅 빈 대화

아내가 내 곁으로 들어오려 하지 않는다. 아내는 늘 일기를 통해 내 곁으로 들어오고 싶어 했는데.

우리는 일기장 속에서 다시 만나 이야기하고, 숨을 쉬곤 했는데….

아내는 비록 짧은 글이지만, 기록을 남겨 나와 대화를 나누려 노력했다. 하지만, 요즘은 일기를 쓰지 않는 날이 많아졌다. 아내가 빠져든 어둠 속 터널이 더욱 깊어지고 있는 것일까?

아내는 저녁때가 되면 생기를 되찾곤 했다. 생기를 되찾은 아내는 내가 쓴 일기를 들고 방으로 들어가서 꼼꼼하게 읽었다. 그러고 나서 자신의 생각을 써내려 가곤 했다.

그런 아내가 요즘은 일기를 쓰지 않는다. 쓰더라도 글이 아주 짧다. 그때그때의 기분을 잠시 드러내는 정도다.

아내가 내 곁으로 다가오는 횟수가 줄어들면서 대화의 공백이 커진다.

그 공백을 나 혼자 채운다. 언젠가 아내가 들어와 말을 거는 그날을 기다리면서.

모든 것이 비었다. 텅 비었다.

5월 10일 내 구두가 없어요

"이유진 씨 남편 되시나요?"

식당에서 전화가 온 것은 저녁 시간이 꽤 지난 뒤였다.

"예, 제가 남편 되는 사람입니다만…."

"급히 좀 와주셔야 되겠습니다. 부인께서 너무 고집을 부리셔서요."

혼자 보낸 것이 탈이었다. 아니, 그 모임에 아내가 가도록 놔둔 것이 문제였다. 아내는 서울에서 사는, 고등학교 3학년 때 같은 반 친구들과의 모임이 있다면서 아침 일찍 집을 나섰다. 어딘가 불안했지만, 오늘따라 표정도 밝았고, 힘이 넘쳐 보였기에 그냥 놔뒀다. 그게 탈이었다.

급히 차를 몰았다. 도심에서 조금 벗어난 주택가의 식당은 사람이 그렇게 많지 않았다.

"제가 이유진 씨 남편인데요."

식당 주인에게 인사를 건네는 순간, 문 옆에서 웅크리고 앉아 있는 아내가 눈에 들어왔다.

"아니, 여기서 뭐하는 거야?"

나도 모르게 목소리가 높아졌다. 아내에게서 심상치 않은 변화가 나타나기 시작하면서 나는 웬만하면 목소리를 높이지 않았다.

하지만 오늘은 나도 모르게 목소리가 높아졌다. 아직도 분이 풀리지 않았을 식당 주인을 의식했기 때문이라고 생각은 하면서도 '이게 아닌데'라는 후회가 몰려왔다.

아내는 나를 보자마자, 반갑게 웃었다.

"그래 승수야, 네가 좀 얘기 좀 해줘라. 저 양반이 도통 내 얘기를 들으려고도 하지 않는구나. 내 신발이 없어졌는데, 엉뚱한 신발을 신고 가라고 하잖아."

아내는 또 나를 승수로 생각하고 있었다. 그때 식당 주인이 나타났다.

"아, 남편분 오셨군요. 빨리 사모님 좀 모시고 가세요. 사모님께서 본인의 신발이 없어졌다고 저 난리를 치시는 거 아닙니까? 분명히 사모님 신발이 있고, 친구분들도 그게 사모님 신발이라고 말씀을 해 주셨는데…. 사모님께서 하도 난리를 치시니까, 친구분들도 바쁘다면서 그냥 가셨어요."

주인의 안내로 식당 안으로 들어가 신발장을 보자, 신발장에는 아내의 신발이 가지런히 놓여 있었다. 지난주 바람이나 쐴 겸 아내와 함께 전통시장에 나갔다가 산 그 신발이었다.

주인이 더 이상 설명을 하지 않아도 사태를 파악할 수 있었다. 아내가 지난주 새로 산 신발을 기억하지 못하고 있었던 것이었다. 아내는 시장에서 작은 검정색 벨트로 장식돼 있는 구두를 보더니 애들처럼 사달라고 했었다.

"저 신발이 맞아. 빨리 신고 집에 가."

"승수야 아니야, 저 신발이 아니야. 나는 저런 신발을 안 신는단 말이다. 너도 알잖니? 내가 저런 촌스러운 구두는 안 신는 거."

아내는 끝끝내 자신의 신발이라는 사실을 인정하지 않았지만, 다음에 예쁜 신발을 꼭 사준다는 말에 그냥 집으로 가기로 하고 신발을 신었다. 발에 딱 맞는 신발이었지만, 아내의 마음 어디에도 존재하지 않는 신발이었다.

집으로 가는데 휴대전화가 울렸다. 아내의 고등학교 동창생이었다.

"안녕하세요? 오랜만입니다. 잘 지내시죠?"

"네, 덕분에 잘 지내고 있습니다."

"근데 이런 말씀 드려도 되는 건지…."

"아닙니다. 말씀하세요. 오늘 곤란한 일 많으셨죠? 제가 지금 식당에 다녀오는 길입니다."

"아 그러시군요. 유진이가 언제부터 그렇게 된 거예요? 그렇게 똑 부러지던 애가 어떻게…."

"아, 심려 끼쳐드려서 죄송합니다. 이상이 나타난 지는 좀 됐고요. 좀 기복이 있기는 하지만, 오늘은 괜찮을 줄 알았어요. 아침에 워낙 컨디션이 좋아보였거든요. 혼자 다녀오겠다고 해서….”

사람들과 무리를 짓는 것을 좋아하지 않는 아내는 친구가 많지 않은 편이었다. 고등학교 친구 몇 명을 빼고는 따로 만나는 사람도 없었다.

아내는 오늘 아침 콧노래를 부르는 등 기분이 무척 좋아 보였다.

“오늘 친구들 만나기로 했어. 얼마 전에 문자가 왔더라고. 그래서 달력에다 메모를 해놨지.”

집을 나서는 아내는‘괜찮겠느냐’는 나의 질문에 ‘걱정 마. 아무 일도 없을 거야’라면서 시장에서 새로 산 구두를 꺼내 신고 집을 나섰다.

엷은 하늘색 원피스에 검정색 구두를 신고 나가는 아내의 모습. 코스모스. 그랬다. 오랜만에 본 코스모스였다.

“그런데 이런 말씀 드려도 괜찮을지 모르겠는데…. 유진이 혼자서 밖으로 내보내면 안 되겠어요.”

아내 친구의 ‘안 되겠어요’라는 마지막 말이 오래도록 귓전을 떠나지 않았다.

‘안 되겠어요. 안 되겠어요. 안 되겠어요.’

5월 11일

내가 코스모스라고요? 아니에요. 나는 이미 빛 바랜 코스모스예요. 오빠의 그 코스모스는 이미 땅에 떨어졌어요. 지나가던 버스가 밟고 지나갔는지도 모르겠어요.

나는 내 구두도 알아보지 못하는 바보가 됐어요. 그냥 바보가 됐어요.

5월 15일 내 아들의 생일을 모르겠어요

"어, 이게 뭐지? 무슨 맛이 이래?"

나도 모르게 그런 말이 나왔다. 미역국을 숟가락으로 떠서 입에 넣는 순간 묘한 맛이 느껴졌다. 아니 묘한 느낌이 혀를 통해 전해져왔다.

"어 이상한데?"

"왜 그래요. 나는 아무렇지도 않은데…."

아내도 숟가락으로 국을 한 입 떠먹으면서 답했다. 나는 숟가락을 잡은 손의 촉감이 이상해서 숟가락과 젓가락을 자세히 살펴봤다. 왠지 미끈거리는 느낌이 들었기 때문이다.

"아니, 여기 주방세제가 그냥 남아있는 것 같은데…."

"아니 무슨 얘기예요? 내가 얼마나 철저하게 설거지를 했는데…."

아내는 버럭 화를 내면서 자신의 숟가락을 살펴봤다. 숟가락과 젓가락, 그리고 식탁 위에 있는 빈 그릇을 살펴보던 아내의 얼굴이 굳어졌다. 내가 말한 대로 주방세제가 그대로 남아있었다.

"아니, 이게 어떻게 된 거지?"

아내는 도대체 믿을 수가 없다는 듯이 식기를 살펴보면서 큰 한숨을 내쉬었다.

사실 이런 일은 여러 번 있었다. 지난번에는 상추쌈의 물기를 하나도 빼지 않은 채 식탁에 내놔서 내 바지가 흠뻑 젖는 일도 있었다.

아내의 실수는 주방에서 두드러지게 나타났다. 나와 아내가 즐겨 마시는 음료수를 냉장실이 아닌 냉동실에 넣어두는 바람에 얼어 터져버리는 일도 생겼다. 어느 날 냉동실에 김치가 들어있는 것을 보고 깜짝 놀란 적도 있다.

"요즘, 제가 깜빡깜빡 해요."

처음에는 아내도 자신의 이런 변화를 대수롭지 않게 받아들였다. 그런데 사소한 실수가 반복이 되면서 아내의 얼굴에 불안이 번지기 시작했다.

"일을 할 때는 좀 정신을 바짝 차려야겠어. 요즘 실수가 좀 잦은 것 같아…."

"아니 제가 무슨 실수를 한다고 그래요? 나 때문에 잘못된 일이라도 있었나요?"

자신에게서 이상을 발견하기 시작한 그즈음부터 아내는 불같이 화를 내는 일도 잦아졌다. 특히 자신의 실책을 지적이라도 하면, 지금까지 볼 수 없던 강한 어조로 반격을 하곤 했다.

아내의 실수는 자꾸만 늘어났다. 아내는 아파트 현관문의

번호키를 자주 까먹었다. 너무 자주 까먹는 것 같아 아내가 태어난 달과 월로 번호를 다시 만들어줬는데도 그걸 기억하지 못하고 나에게 전화를 하곤 했다. 아내는 외우기 좋은 번호를 알려주면 그때뿐이었다. 새로 설정한 번호는 까맣게 잊은 채 옛날 번호를 누르다가 울상이 되어 전화를 하곤 했다.

지난번에는 아내가 자신의 머리를 부여잡고 울고 있었다. 이유를 물어보니, 미국에 있는 승수의 생일을 모르고 지나쳤기 때문이라고 했다.

아내는 원래 가족은 물론 친척들의 생일을 잘도 기억했다. 주변사람들의 생일이나 제삿날, 결혼기념일 등을 기억해 놨다가 축하전화를 거는 것은 아내의 즐거움이자, 사회생활에서의 거의 유일한 사교술이었다. 아내는 젊은 시절부터 탁월한 기억력을 보였다. 친정 식구들의 생일은 물론 친구나 지인들의 생일, 결혼기념일 등을 모두 꿰고 있었다.

아내는 생일을 맞은 가족을 위해 최고의 생일상을 차렸다. 전날 장을 봐온 신선한 식재료를 이용해 끓인 생일날 요리는 늘 온 가족을 감동시켰다. 가족의 생일에 먹을 미역국을 끓이기 위해 아내는 언제나 생일 전날 신선한 미역과 쇠고기를 직접 사오곤 했다.

생일 밥상에는 생일을 맞은 사람, 그러니까 나나 승수가 가장 좋아하는 것을 올렸다. 승수 생일에는 승수가 가장 좋아하는 머위쌈을 올렸고, 내 생일에는 내가 즐기는 낙지요리를 반드시 내왔다.

아내가 요리를 할 때 아내의 모든 혼을 요리에 집어넣는 것 같은 느낌이 들었다. 식재료는 흐르는 물에 정성스럽게 씻었다. 식재료를 썰 때는 늘 안정된 리듬 속에 칼질을 했다. 가열을 할 때는 최적의 온도를 선택하기 위해 불을 살폈고, 시간을 따졌다.

가족의 생일상을 준비할 때는 그런 정성이 배가되는 느낌이 들 정도였다.

그런 아내가 타국에 있는 아들의 생일을 잊어버리라고는 누구도 상상도 할 수 없는 일이었다. 생일이라고 해야, 국제전화를 걸거나 SNS를 통해 축하인사를 건네는 게 전부였지만, 아내는 그날을 무척 기다리곤 했다.

그런데 이번 승수 생일을 아내가 까맣게 까먹고 있었던 것이다. 생일이 한 달쯤 지난 뒤 그 사실을 안 아내는 무척 아파했다.

"괜찮아, 나는 뭐 매년 까먹는데 왜 그래. 당신 없었으면 나는 승수 생일을 한 번도 기억해 내지 못했을 거야. 나이 들어서 그런 걸 어떻게 해. 괜찮아."

그때 나는 또 느꼈다. 나와 아내 앞으로 거대한 먹구름이 몰려오고 있다는 사실을. 그 먹구름이 이미 시야에 들어와 있다는 사실을.

5월 15일

오빠, 방법을 하나 알려줄게요. 거실 달력에 우리 가족 생일에 빠알갛고 커다란 동그마리를 그려놔줘요. 승수 생일에는 더 큰 동그라미를 그려주세요. 절대로, 절대로 까먹지 않고 싶어요.

5월 21일 먹구름이 몰려와요. 눈물이 나요

아내는 그날, 그 일들을 어떻게 기억하고 있을까?

벌써 상당한 시간이 지났다.

조심스럽게 문을 열고 들어간 병원 대기실은 조용하고 깔끔했다. '늙은이들이 우글거리겠지?'라는 애초의 예상은 보기 좋게 빗나갔다.

예상외로 젊은이들도 많았고, 환자들은 대부분 차분한 표정으로 자신의 진료 순번을 기다리고 있었다.

사실 이런 곳을 찾은 것은 처음이었다. 몇 년 전 아내가 갱년기 증상을 보일 때나, 내가 불면증 증상을 보일 때, 주변에서 한번 가보라고 권유하곤 했지만, 왠지 거기만은 가고 싶지 않았다.

"이유진 님!"

간호사의 목소리는 차분하면서도 친절했다. 아내와 함께 진료실에 들어섰다. 나와 비슷한 나이의 의사가 정말로 밝은 표정으로 우리를 맞았다.

"어디가 불편해서 오셨나요?"

나는 아내에게서 최근 나타난 증상을 빠짐없이 설명했다. 의사는 나의 말을 단 한 차례도 끊지 않고 차분하게 들었다. 의사는 아내에게도 이런저런 질문을 던졌다.

"검사를 한 번 해보도록 하겠습니다."

의사는 아내를 상대로 이런저런 검사를 했다.

"진행이 무척 빠른 것 같습니다. 우선 약을 드시면서, 경과를 봐야 할 것 같습니다."

아내는 아무런 답변을 하지 않았다. 나는'진행이 빠르다'는 얘기가 무척 마음에 걸렸지만, 더 이상 묻지는 않았다.

"약을 먹으면 좋아질까요?"

"예, 뭐라고 단정을 지어서 말씀드리기는 어렵겠고요. 일단 진행을 막는 것이 중요합니다. 그러기 위해서는 처방해드린 약을 잘 드시도록 해주시고요."

병원을 나서는 길은 무거웠다. 나나 아내나 아무런 말도 하지 않았다. 아내를 뒷좌석에 태우고 차에 시동을 걸었다. 아내가 '꿀꺽' 하고 침을 삼키는 소리가 들렸다. 울고 있는 것 같았다.

"왜 그래? 약 먹으면 좋아질 거야."

내 말에는 힘도 자신감도 없었다. 의사가 그런 말을 하지 않았다는 것을 나나 아내나 다 알고 있었기 때문이다. 내 말은 공허했다. 차가 집에 도착할 때까지 우리는 아무런 말도 하지 않았다. 아니, 할 수가 없었다.

그날,

나나

아내나

아무런 말도 할 수 없었다.

모든 나쁜 일은 한꺼번에 터진다고 했던가? 그날 차에서 내려 집으로 향하던 아내가 돌부리에 걸려 넘어지는 일도 발생했다. 아내는 팔목을 잡고 떼굴떼굴 굴렀다.

아내를 다시 데리고 외과로 달려갔다.

"엑스레이를 찍어봤더니, 왼쪽 팔목이 부러진 것 같습니다. 깁스를 해야 할 것 같네요."

왼쪽 팔을 깁스한 채 병원을 나서는 아내에게서 힘이라고는 찾아볼 수가 없었다. 어깨가 땅바닥까지 처져있는 아내가 다시 차에 오르기 위해 애를 썼다.

그 순간, 내 눈에서 나도 모르는 눈물이 하나 떨어졌었다.

병원에서 집으로 향하는 길은 헛헛했다.

거대한 먹구름이 이미 턱 앞까지 와 있음을 직감했다. 이 엄연한 사실을 아내나 나나 온몸으로 느끼고 있었다.

5월 24일 내가 구두 닦았어요, 용돈 주세요

"나 용돈 줘요!"

"응?"

아내의 갑작스러운 말에 무척 놀랐다. 갑자기 용돈이라니? 아내에게서 심상치 않은 변화가 생기기 시작한 뒤에도 아내가 용돈을 달라고 한 적은 없었다. 사실 거의 모든 행동을 나와 같이하기 때문에 아내에게 따로 돈이 필요하지도 않았다.

"신발장 한 번 열어보세요."

"응?"

"제가 구두 멋지게 닦아놨어요."

신발장을 여니 안에 가득 찼던 구두약 냄새가 한꺼번에 쏟아졌다.

자세히 보니, 거의 모든 신발에 손을 댄 흔적이 보였다. 아침부터 현관에 나와 내 구두를 닦은 모양이었다. 왼쪽 팔도 성치 않은 상태에서.

내가 잠시 책을 보는 동안 생긴 일이다.

"응 잘했어. 빤짝빤짝 빛이 나는 걸."

아내는 나의 칭찬이 기분 좋았는지, 해해해 웃기까지 했다.

하지만, 나는 웃을 수가 없었다. 어떤 구두는 더는 신을 수 없는 지경으로 변해 있었다. 아내는 거의 모든 신발에 검정색 구두약을 칠해 놨다. 검정색 구두야 그렇다고 하지만, 밤색 구두는 어쩌란 말인가? 운동화에도 검정색 구두약이 묻어 있었다.

"그래 잘했어."

"당신 덕분에 이제 신사가 다 됐네. 앞으로도 잘 부탁할게."

"그래요. 구두 닦을 때마다 용돈 줘야 해요."

"용돈?"

"전에는 구두 닦으면 용돈 줬잖아요."

"내가 용돈을?"

거기서 나는 대화를 멈췄다. 그랬다. 아내는 승수가 어렸을 때의 얘기를 하고 있는 것이었다.

승수가 자랄 때 나는 여러 가지 과제를 부여했고, 승수는 그 과제를 해결한 뒤 용돈을 받아가곤 했다. 내 구두를 닦거나, 거실 청소를 하면 일정 액수의 용돈을 주는 방식이었다.

승수는 용돈을 받기 위해, 또는 내가 기뻐하는 모습을 보기 위해 열심히 과제를 수행하곤 했다.

아내는 지금 그 옛날 승수의 세계로 돌아가 있는 것 같았다.

"그래 구두 한 켤레 닦으면 5000원 줄게. 됐지?"

"그래요. 꼭 주셔야 해요. 돈 모아서 살 게 있거든요."

"뭐가 그렇게 사고 싶은데?"

"우비를 사고 싶어요. 지난번에는 너무 추웠어요."

"아…."

나는 한동안 말을 잇지 못했다. 아내는 그날 그 얘기를 하고 있었다.

그날 아내는 옆 동네 대형마트에 있는 서점으로 책을 사러 간다고 나갔었다. 혼자 보내는 것이 불안하기도 했지만, 그날은 유난히 컨디션이 좋아 보여 그냥 혼자 다녀오도록 했다.

그런데 그놈의 날씨가 문제였다. 귀갓길에 갑자기 소나기가 쏟아진 것이다. 아내는 모든 비를 온몸으로 맞은 채 집으로 돌아왔다. 속옷까지 모두 젖어있었다. 아내는 책을 윗도리 안쪽에 넣고 온 것 같았다. 하지만, 워낙 많이 내린 비 때문에 책은 다 젖어있었다.

아내는 온통 젖어버린 책을 꺼내놓고 엉엉 울다가 잠이 들었다.

아내가 잠이 든 뒤 아내가 사온 책을 보니 현도안 선생님의 책이었다. 처음 보는 책이었다.

다음 날 아내는 독한 감기를 앓았다. 하루 종일 40도 가까운 열이 났고, 온몸이 아프다면서 괴로워했다. 동네 병원에 가서 주사를 맞고 왔지만, 감기는 좀처럼 낫지 않았다.

그날 이후 아내는 가끔씩 우비를 사고 싶다는 말을 하곤 했다. 아마도 우비가 없어서 감기에 걸렸다고 생각하는 듯했다. 하지만 아내를 혼자서 내보내지 말아야겠다고 생각한 나는 우비까지 살 필요는 없다고 생각하고 있었다.

'내일은 예쁜 우비 하나 사줘야지'

검정색 구두약이 군데군데 묻은 운동화를 화장실로 가져가 빨면서 나는 그런 생각을 했다.

5월 26일 우리집 약달력

아내는 당초 걱정했던 것보다는 자신에게 가해진 충격을 받아들이려 노력하는 편이었다.

예전부터 아내는 현명한 사람이었다. 자신에게 주어진 운명은 스스로 받아들여 감내하곤 했다.

아내는 약을 철저하게 챙겨 먹으려 했다. 하지만, 그게 쉽지 않았다. 아내가 먹어야 하는 약은 3가지였다. 신경정신과 약, 외과 약, 그리고 오래전부터 앓고 있는 관절염 약 등 끼니마다 먹어야할 약이 10여 알이었다.

문제는 식전, 식후 바로, 잠자기 전 등 약을 먹어야 할 시간이 제각각이라는 것이었다.

처음에는 별다른 차질 없이 약을 먹는 것 같았다. 하지만 시간이 갈수록 문제가 생겼다. 가장 큰 문제는 약이 자꾸만 부족해진다는 것이었다. 이유를 따져보니 아내가 약을 먹은 뒤 같은 약을 또 먹는 경우가 너무나 많았던 것이었다. 나는 아내에게 약을 먹고 나면 약봉지를 버리지 말고 그대로 놔두라고 했다. 먹고 난 약봉지가 있으면 먹은 것이니까 다시 먹지 말라는 말과 함께.

하지만, 그런 충고도 소용이 없었다. 식탁 위에 빈 약봉지가 있었지만, 아내는 그건 어제 먹은 약봉지라고 생각하는 경향이 많았다.

"약을 제대로 안 먹으면 큰일 나요. 약을 먹어야 빨리 병이 낫지요."

아내는 자주 그런 말을 했다. 아내는 철저하게 약에 의지했다. 이 약만 제대로 먹으면 병이 다 나을 수 있을 것이라고 믿고 있는 듯했다.

자신이 앓고 있는 병의 위험성을 익히 알고 있는 아내는 그것에서 벗어나기 위해 안간힘을 썼다. 아내는 약을 보다 철저하게 먹음으로써 병에서 벗어나고자 했다.

아내가 하루에도 몇 차례씩 약을 더 먹는 일이 잦아지면서, 문제가 커지기 시작했다. 아내는 극심한 위장장애를 호소했다. 약에 위장을 보호하는 약을 함께 처방했다고는 하지만, 약을 과다복용하는 경우가 많아지면서 위장장애도 그만큼 늘어났다.

어느 날부터는 약을 먹을 때는 반드시 내가 챙겨주기 시작했다. 아내에게만 맡겨놨다가는 무슨 일이 날지도 모른다는 생각이 들었기 때문이다. 하지만, 내가 챙겨준다고 해도 아내의 약 과다복용을 완전히 막을 수는 없었다. 나 역시 좀 전에 아내가 약을 먹었는지 제대로 기억이 나지 않는 경우가 많았다.

'약 달력'

누가 방법을 하나 가르쳐줬다. 고령자가 사는 집에서는 흔히 약달력을 만든다면서, 약 달력을 만들어볼 것을 권유한 것이다.

나는 아내가 아무런 혼동도 없이 약을 먹을 수 있는 약 달력을 하나 만들기로 하고 안방 벽에 걸려 있던 달력을 떼어왔다.

사진이나 그림은 하나도 없고, 날짜만 커다란 글씨로 표기된 고령자용 달력이었다. 연초에 얻어다 놓은 것이었다.

나는 커다란 종이 위에 달력의 날짜를 한 줄 한 줄 오려다 붙인 뒤 날짜 아래에 빈 칸을 충분하게 만들었다. 그러고 나서 자와 펜을 이용해 여러 개의 줄을 그었다.

그리고 모든 칸에는 끼니마다 정해진 시간에 먹을 약을 붙여 놨다. 아침 식전에 먹을 약, 식후에 먹을 약, 식간에 먹을 약, 취침 전에 먹을 약 등을 해당 칸에 모두 붙여놓은 것이다.

해당 날짜의 해당 시간에 약만 떼어내 먹으면 이중으로 먹는 일, 약 먹는 것을 빼먹는 것은 없어지겠다는 판단에서였다.

'우리 집 약 달력'

달력의 맨 위에 그렇게 쓴 뒤 식탁 옆 벽에 붙였다. 손님들이라도 오면 보기에 좋지 않을 것이라는 생각이 들기도 했지만, 아내가 약을 제대로 먹을 수 있도록 하는 것이 급했다.

5월 26일

'우리 집 약달력'

너무 든든해요. 마음이 편해요. 앞으로 약 잘 챙겨 먹을게요. 오빠, 너무 고마워요.

5월 29일 이별을 미리 준비하라고요?

친구 석환이는 많이 울었다.

'상주가 이렇게 울어도 될까'

그런 생각이 들 정도로 석환이는 자주 눈물을 보였다. 따지고 보면 석환이의 슬픔은 갑자기 찾아온 이별 탓이었다.

석환이 아버지는 건강에 특별한 이상이 없으셨다. 몸집이 작아 힘이 없으신 편이었지만, 일상생활은 물론 어지간한 산을 오르시는데 아무런 불편함이 없었다.

석환이 아버지는 자주 등산을 다니셨다. 석환이 아버지는 그날도 식구들에게 집 근처 산으로 등산을 다녀오겠다고 집을 나서셨다. 한 번 나가면 3~4시간 정도 걸리는 등산이었다. 가족 중에서 아버지에게 무슨 일이 있을 수도 있겠다고 생각한 사람은 없었다. 하지만, 아버지는 그날 집으로 돌아오지 않으셨다. 경찰에 신고를 했지만, 행적이 전혀 밝혀지지 않았다. 석환이를 포함한 가족들은 집 근처와 아버지가 자주 가시는 산 근처에서 전단지를 나눠주며 아버지를 찾기 위해 나섰지만, 소식이 없었다.

경찰로부터 소식이 전달된 것은 그로부터 1주일이 지난 뒤였다. 석환이 아버지가 등산로 계곡에 쓰러져 숨진 채 발견됐다는 것이었다.

갑작스런 소식에 석환이는 망연자실했다. 아버지의 갑작스러운 죽음을 받아들일 수 있는 마음의 공간이 석환이에게는 없는 듯 했다.

문상객의 절을 받다가도 눈물을 흘렸고, 문상객이 잠시 인사만 건네도 눈물을 흘렸다.

그런 석환이를 보는 것은 고통스러운 일이었다. 3일간 계속된 장례식 내내 식장을 지키면서, 가족과의 갑작스런 이별은 고통스러운 것이라는 사실을 새삼 알게 됐다.

얼마 전 아내의 주치의로부터 들은 말이 생각났다.

"어쩌면 행복한 병인지도 모르겠어요. 아니 그렇게 생각하시는 게 좋겠다고 생각해요. 가족들과 헤어질 수 있는 시간을 충분히 가질 수 있으니까요."

"…."

"고통스럽고 슬픈 일이 많겠지만, 다른 병이나 다른 죽음에 비해서는 시간적으로 여유가 있을 수 있다는 면에서 다행이라고 행각해요. 이거 역시 '시한부'이지만요."

"…."

"이별의 시점을 어느 정도는 미리 예상할 수 있거든요. 마음의 준비는 물론 일이 일어났을 때 필요한 여러 가지 준비를 할 수 있다는 점에서 긍정적으로 생각할 수도 있는 면이 있다고 생각해요."

삶의 마무리 단계에서 가족과 천천히 헤어짐을 준비할 수 있기 때문에 갑자기 찾아오는 다른 질병과 비교하면 좋은 점도 있다는 것이 그 의사의 말이었다.

아내가 내 곁을 떠난다면, 나는 과연 그 상황을 견딜 수 있을까? 그런 상황이 조금 천천히 온다고 해서, 내가 그걸 감내할 수 있을까?

아내는 방에서 잠을 자고 있다. 문만 열고 들어가면 만날 수 있는 아내지만, 아내가 그리워진다.

아내가 잠에서 깨어난다면, 아내의 몸을 꼭 안아보고 싶다. 아내의 체온을 그렇게 느껴보고 싶다.

5월 29일

오빠, 나 일어났어요. 빨리 방으로 오세요. 오빠 품에 안겨서 한숨 더 자고 싶어요. 하지만, 우리는 빨리 헤어져야 해요. 그래야만 오빠가 조금이라고 편하게 살 수 있잖아요.

6월 1일 우리에게 아들이 생겼대요

승수. 발음도 좋고, 뜻도 좋았다. 이길 승. 그래서 '승'자를 넣어 이름을 지었다. 이름에 '승'자를 넣자고 한 것은 아내였다.

"모든 면에서 이기는 삶, 강한 삶을 살았으면 좋겠어요."

승수를 임신했을 때 아내는 무척이나 힘들어했다. 결혼을 하고 나서 아내는 아이를 무척 낳고 싶어 했지만, 생각처럼 되지 않았다.

아이가 생기기까지는 3년이 넘는 세월이 필요했다. 아내는 결혼과 함께 출판사를 그만뒀다. 원래 몸이 쇠약한 아내는 잦은 현기증으로 일상생활에 어려움을 겪었다. 집에서 휴식을 취하면서 살림에 전념하게 된 아내는 차츰 건강을 회복해 갔고, 어느 날 환희의 그날을 맞이할 수 있었다.

"오늘 일찍 들어올 수 있어요?"

전화로 전해오는 목소리에서 힘이 느껴졌다. 서둘러 퇴근을 했다.

"오늘 저 너무 행복해요."

현관문을 열고 들어가는 그날 아내는 내 목에 매달리면서 눈물을 보였다.

"오늘 병원에 다녀왔어요. 우리 아이가 생겼대요."

승수는 잘 자라줬다. 특히 총명하고 공부를 잘했다. 책도 많이 읽었고, 무엇보다 모든 공부를 스스로 알아서 했다. 자기에게 주어진 과제는 스스로 해결할 수 있는 능력이 있었다.

아이는 심리학을 전공하겠다고 했다. 승수는 자기가 원하는 대학의 심리학과에 무사히 들어갔다. 군대를 마치고 졸업 시즌이 됐을 때 승수는 나와 아내를 불렀다.

"미국으로 유학을 다녀와야겠어요. 공부를 더 하고 싶어요."

승수의 의지는 단단했다. 당시 내 형편은 애를 유학까지 보낼 수 있는 상황이 아니었다. 승수의 유학계획은 나에게 큰 부담이었다.

"알았다. 어떻게든 해보자."

아내는 승수 편이었다.

"아들이 원하는 것은 밀어주고 싶어요."

승수는 그렇게 떠났다. 하지만, 현실은 녹록하지 않았다. 당장 미국 대학 대학원의 등록금을 마련하는 것도 쉽지 않았다.

나는 아일랜드에서 돌아와서도 제대로 된 돈벌이를 하지 못했다. 우리는 아내가 출판사 교정직으로 일하면서 받아온 월급으로 살았다. 모아놓은 돈이 있을 리가 없었다.

"집을 팔아야겠어요."

아내는 거의 유일한 재산인 아파트를 내놓겠다고 했다. 아내의 표정은 결연했다.

불안한 나날, 더 불안한 노후를 생각하면 절벽으로 밀려나는 것 같은 느낌이 들었지만, 어쩔 수 없었다.

그렇게 승수는 떠났다. 승수는, 등록금은 장학금과 아르바이트로 해결하겠다면서, 걱정하지 말라고 했다.

우리 부부는 전셋집도 마련하지 못한 채 새로운 생활을 시작해야 했다. 보증금으로 월세 부담을 낮추기는 했지만, 새로 감당하게 될 월세 부담은 컸다. 그런 상황 속에서도 아내는 매달 얼마씩 적금을 부었다.

"승수에게 보내야지요."

1년 단위로 모아진 적금은 그대로 미국으로 보내졌다. 승수는 무사히 대학원을 마쳤지만, 귀국은 하지 않았다. 한국에서 일자리를 찾는 것이 쉽지 않다는 것이 이유였다.

"미국에서 일자리를 좀 찾고 있대요."

주로 아내로부터 전해 들은 승수의 상황은 좋지 않았다. 학위과정을 마쳤지만, 좀처럼 일자리를 마련하지 못하고 있는 것 같았다. 미국에 있는 한국기업에서 아르바이트를 하면서 취업준비를 하고 있다고 했다.

6월3일 아들의 가족사진

얼마 전, 승수로부터 연락이 왔다.

"아버지, 며느리가 생겼어요. 같이 공부하는 여잔데요. 참 착해요. 결혼식은 나중에 올리기로 했고요."

며느리는 같은 대학원에서 만난 유학생이라고 했다. 딸 아이도 낳았다고 했다.

승수가 보낸 승수 가족사진이 우리 집으로 배달됐다. 손녀 아이는 승수를 빼다 놓은 얼굴이었다.

아내에게 승수의 가족사진을 보여줬다.

"…."

아내는 별다른 반응이 없었다. 승수의 사진을 보고도 아무런 말을 하지 않았다.

혹시, 승수의 얼굴을 잊은 것일까?

순간 아들의 얼굴을 영원히 생각해내지 못하는 것은 아닐까, 하는 생각이 들었다.

승수의 얼굴을 잊었다면, 아니 승수의 존재 자체를 잊었다면, 며느리와 손녀 아이의 사진은 무의미한 것이라는 생각이 들었다.

승수 가족의 사진을 작은 액자에 넣어 거실 TV 옆에 놔뒀다.

6월 4일 거실의 낯선 여자

"저는 봤어요. 지금 문 뒤에서 나를 노려보고 있는 여자. 도대체 누구죠?"

아내가 문을 열고 나오면서 다그쳤다. 여자라니? 지금 이 집안에는 아내와 나 이외에 사람, 아니 살아있는 생물이라고는 거실 화초 이외에 하나도 없는데….

"아니에요. 저는 분명히 봤어요. 조금 전에 문틈으로 저를 노려보고 있었어요."

이야기를 듣고 보니, 아내가 방안에서 거울을 보면서 혼자 화장을 하고 있던 모습이 생각났다. 아내는 예전부터 혼자 거울을 보는 버릇이 있었다.

"아니, 당신 혼자서 거울 보고 있었잖아. 거울 보면서 빗질하고 있던데…. 여자가 여기 어디 있다고 그래?"

"아니에요. 분명히 있었어요. 제가 이 거울에 비친 얼굴을 분명히 봤단 말이에요."

"당신이 잘못 봤을 거야. 이 집에는 당신하고 나하고 단둘밖에 없잖아."

나는 방 안으로 들어가 아내가 보던 거울을 봤다. 방향으로 봐서는 문밖에 사람이 서 있다면, 거울에 보일 수도 있었다.

하지만, 지금 집에 사람이 어디 있다고….

아내가 한동안 잠잠해졌다. 그래서 거실 소파에서 책을 읽고 있었다.

"또 나타났어요. 저년이 누구죠?"

나는 재빨리 아내의 방으로 들어갔다. 방 안에는 당연히 아내만 앉아있었다.

"분명히 봤단 말이에요. 혹시 여자 숨겨놓고 있는 거 아니에요? 아니 어떻게 여자를 집안으로 들여올 수 있어요."

아내는 갑자기 나를 노려봤다. 얼굴에 분노가 가득했다. 나는 억울했지만, 어떻게 해야 할지 잘 몰랐다. 그래서 울상을 지었다.

"왜 아무 말도 못해요? 여자가 이 집안으로 들어온 게 맞죠?"

잠시 냉장고로 물을 뜨러 간 사이 아내의 목소리가 다시 높아졌다.

"또 나타났어요. 그년, 그 요상한 년이…."

"어디에 여자가 있다고 그래?"

"제가 이 거울에서 분명히 봤어요."

그때였다. 아내가 들고 있던 컵을 거울을 향해 내던졌다. 거울이 박살났다.

아!

사태를 파악할 수 있을 것 같았다. 아내는 거울에 비친 자신의 모습을 보고 다른 여자가 집으로 들어왔다고 생각하고 있는 것이었다.

가슴이 찢어졌다. 그만큼 심각해졌다는 얘기였기 때문이다. 방 안으로 들어가 아내를 꼭 안았다. 아내가 나를 밀쳐내려고 했지만, 내 힘이 아내보다 셌다. 아내는 내 품으로 들어왔다.

"나야 나."

마음이 아팠다. 아내의 얼굴을 더는 볼 수가 없었다. 아내가 발버둥을 쳤다.

아내에게 설명한다는 것은 무의미한 것 같았다. 아내는 더 이상 화를 내지 않았지만, 그렇다고 나를 받아들이지도 않았다.

아내를 소파에 앉히고, 깨진 거울을 치웠다. 아내는 의외로 차분해진 상태였다. 내가 다른 여자를 데리고 들어온 것 같다는 생각을 했다는 사실 자체를 잊은 것 같았다.

6월5일 아내는 거인

거실 창문을 열었다.

"이놈들에게 물이나 줄까?"

작은 물뿌리개에 물을 담아 아내에게 건넸다. 나는 큰 물뿌리개를 들었다.

"이놈들 목말랐을 거야."

아내는 아무런 대답도 하지 않은 채 나무에 물을 줬다.

"이놈 기억나? 예전에 아버지 댁에서 가져왔잖아. 우리 집에 온 지도 벌써 30년이 다 됐겠는데…."

아내와 나는 집안에서 몇 그루 나무를 키웠다. 화분을 갈아주고, 거름을 주고, 물을 주고…. 그런 것들은 그때마다 작은 행복을 가져다줬다. 아내는 특히 꽃이 피는 것을 좋아했다. 언젠가 행운목이 향기로운 꽃을 피웠을 때는 몇 명 아는 사람들을 불러오기도 했다. 사람을 집으로 부른다는 것은 사교성이 거의 없는 아내에게는 아주 드문 일이었다.

그랬다. 집안의 나무들은 아내에게 꿈과 희망을 줬다. 아내는 자주 그것들과 대화를 나눴다.

'너희들은 좋겠다. 하루 종일 여기 따스한 곳에 앉아서 대화를 나눌 수 있으니….'

언젠가 아내가 누군가와 대화를 나누는 소리가 들려 거실로 나와 보니 아내가 나무와 두런두런 이야기를 하고 있어서 웃었던 생각이 났다.

"당신은 나무가 그렇게 좋아?"

"네, 제 말을 잘 듣잖아요. 저에게는 아무런 대꾸도 하지 않고, 그냥 물 주는 대로, 거름 주는 대로 받아먹고 잘 크잖아요."

나무에게 물을 주는 아내의 얼굴에 화색이 돌기 시작했다.

"너희들 잘 지냈지? 내가 요즘 좀 바빠서 소홀했구나. 미안하다."

아내는 물을 주는 것이 즐거운 모양이었다. 세면대를 부지런히 오가면서 물을 퍼다가 나무들에게 주고 있었다.

나는 슬며시 물 주는 것을 중단하고 방으로 들어왔다. 아내가 모처럼 반가운 것들을 만나 즐거운 시간을 보내는 것 같은 생각이 들었기 때문이다.

30분쯤 지났을까, 밖이 조용해 나가 보니 거실이 온통 난장판이 돼 있었다.

화분에서 흘러나온 물이 거실 마루를 거의 뒤덮고 있었고,

아내는 그 위에 주저앉아 물장난을 치고 있었다.

눈물도 나지 않았다. 도대체 어떻게 해야 하나? 이걸 어떻게 감당해야 하나.

이걸 어떻게 해야 하나?

그것은 아내의 '부존재'를 의미하는 것이었다. 아내가 있지만, 아내가 없다는, 이 상황.

아내가 나를 못 알아보고, 자신의 얼굴을 못 알아보는 상황이 하루 종일 계속되지는 않는다. 하지만, 그런 상황은 나를 외롭게 했고 무섭게 했다.

아내가 나를 못 알아보는 상황은 따지고 보면 아내가 없는 상황이나 마찬가지였다.

아내를 돌보는 것은 힘들지 않다. 결코 힘들지 않다. 다만, 그런 상황을 헤쳐가면서 살아가야 하는 나에게 그런 상황을 설명하고 동의를 구할 사람, 이해해 줄 사람, 나를 위로해줄 수 있는 사람이 없다는 사실이 무서웠다.

아내는 몸은 약했지만, 나에게는 거인이었다. 늘 그랬다. 내가 조기에 회사를 나와야 했던 그 상황에서도 아내는 거인이었다.

아내는 늘 나를 받아줬고, 나를 안아줬고, 나에게 힘을 줬다. 이유를 따지지 않았고, 잘못을 책하지 않았고, 외면하지 않았다.

아내라면, 지금 이 상황을 어떻게 받아들여 줄까? 갑자기 그런 생각이 들었다.

'내 아내가 나를 알아보지 못해. 아내는 때로 자신의 얼굴도 못 알아봐. 이런 때 나는 어떻게 해야지?'

내가 아내에게 이런 이야기를 한다면 아내는 어떻게 대꾸할까? '너무 힘들어하지 마세요. 제가 있잖아요.'

아마도 아내는 그렇게 말했을 것이다. 그러면서 나를 꼭 안아줬을 것이다.

아내의 부재는 컸다. 이제 아내는 더 자주 내 곁을 떠날 것이다. '아내가 없는', 이 부재의 충격을 어떻게 할 것인가?

6월 6일 대답 없는 대화

아내가 더 이상 일기를 쓰지 않는다. 분명히 내가 쓴 일기를 모두 읽는 것 같은데, 답장이 없다.

아내는 나의 일기를 통해 자신의 모습을 보려고 노력해왔는데…. 내가 아내에게 보여주는 아내의 모습. 그것을 통해 아내는 다시 내 마음 속으로 들어오곤 했는데….

아내는 더 이상 내 마음이 궁금하지 않은 것일까? 아내는 더는 내 마음 속으로 들어오고 싶지 않은 것일까?

그렇다면, 우리의 교환일기는 이쯤에서 멈춰야 하는 것일까? 내가 아내에게 아내의 모습을 보여주는 것은 부질없는 짓일까?

아니다.

언젠가 아내는 다시 자신의 모습을 보려 할 것이다. 자신의 모습이 궁금해지는 때가 올 것이다.

그때까지, 나는 아내에게 내 아내를 보내야 한다.

6월 8일 돈을 좀 해주세요

승수가 가족과 함께 왔다. 예고도 없이 불현듯 나타났다.

"아버님, 어머님 죄송해요. 이제서야 인사드리게 됐어요. 정말 죄송해요."

처음 본 며느리는 내 마음에 딱 들었다. 화장기 하나 없는 얼굴은 단아해 보였다.

'저 정도면 우리 승수를 맡겨도 되겠군.'

나는 안심했다. 무엇보다, 차분하면서도 당당한 모습이 마음에 들었다.

하지만, 아내는 뭐가 뭔지 모르겠다는 표정이었다. 아내는 승수를 알아보지 못했다.

아내는 승수의 존재 사실 자체를 인식하지 못하는 듯했다.

집안 분위기는 점차 얼어붙었다. 가장 당황해한 것은 승수였다. 자신을 전혀 알아보지 못하는 엄마. 엄마의 상태가 악화되고 있다는 이야기는 전부터 나에게 전해 들어 어느 정도 알고 있었겠지만, 엄마가 자신조차 알아보지 못하리라고는 예상하지 못했을 것이다.

며느리 역시 당황해 하는 표정이 역력했다. 자신의 아들조차 알아보지 못하는 시어머니. 그런 시어머니와의 첫 대면.

이런 상황을 마주하게 되는 며느리의 심정은 어떨까?

"오늘따라 더 심각하구나. 너희들이 이해해줬으면 좋겠다. 좀 있으면 너희들을 알아볼지도 모르겠구나."

내 입에서 이런저런 변명이 쏟아져 나왔지만, 공허했다.

승수가 아내 곁으로 다가갔다. 승수는 눈만 멀뚱멀뚱 뜨고 있는 아내를 끌어 안았다.

승수의 눈에서 커다란 눈물망울이 뚝 떨어졌다. 손녀 아이를 안고 있는 며느리의 눈에서도 똑같은 크기의 눈물방울이 떨어져 내렸다.

아내는 집에 왠 낯선 사람이 찾아와 있느냐는 표정을 지으며 소파에 우두커니 앉아있었다.

"승수야, 한국에 있는 동안 어딘가 가 있을 곳이 있겠니? 이 상태로 네 가족이 우리집에서 같이 지내기는 어려울 것 같구나. 며느리에게 너무 힘든 일이 될 것 같고. 손녀 아이에게도 그렇고. 오늘 밤은 우선 우리 집에서 자거라."

"…."

"…."

"예, 그게 좋겠네요. 제가 좀 알아볼게요."

모처럼 승수가 왔는데 그냥 보낼 수는 없었다. 냉장고를 열고 저녁상을 준비하려고 나서자 며느리도 일어섰다.

"아버님, 제가 할게요. 앉아계세요."

"아니다. 그동안 살림을 내가 해왔다. 너희들은 조금 기다려라. 내가 금방 저녁을 차릴 테니."

며느리와 몇 차례 실랑이를 하다가 결국, 나와 며느리가 함께 저녁상을 준비하기로 했다. 승수는 손녀 아이를 돌봤다.

저녁을 먹고 나서는 술상을 가운데 두고 승수와 마주 앉았다. 아마 처음 있는 일일 거라는 생각이 들었다.

승수는 힘이 들었지만 재미있었다는, 유학생활에서부터 며느리를 만난 과정까지 상세하게 들려줬다.

바닥을 드러내는 술병이 늘어났다. 모처럼 아들을 만난 즐거움에 마음껏 취했다. 그때였다.

"아버지, 부탁이 하나 있어요."

"응, 뭔데?"

"돈을 좀 해주셔야겠어요."

내 얼굴이 얼어붙었다.

"그래 돈이 왜 필요한데? 그리고 얼마나 있으면 되는데?"

"네, 당장 살 집이 좀 필요해서요. 지금 살고 있는 집은 제가 대학원 다닐 때 얻은 원룸인데 세 식구가 살기에는 너무 좁거든요."

더 설명하지 않아도 상황을 알 수 있을 것 같았다.

하지만, 막막했다. 지금 손에 쥐고 있는 돈이 거의 없기 때문이다.

그때였다.

"그래 승수야, 우리가 돈 해줄게. 이 집 팔아서 좀 작은 곳으로 이사가면 되지."

아내가 갑자기 이야기에 끼어들었다. 생각이 되돌아온 것일까? 아들과 며느리, 손녀 아이의 존재 자체를 모르는 것 같던 아내가 집을 팔겠다고 나섰다.

하지만, 그건 말이 되지 않는다. 나에겐, 우리 부부에겐 이미 팔 집이 없지 않은가?

아내가 승수의 존재를 분명하게 알고 있는지, 승수 가족에게 돈이 필요하다는 상황을 이해하고 있는지도 분명하지 않았다.

술이 확 깼다. 나는 아무런 답변도 하지 못한 채 술자리를 정리했다.

팔 수 있는 집도 없는데, 집을 팔자고?

이제 어떻게 하지?

6월 11일 머위 주세요, 빨리요

"우리 승수 안 보고 싶어요? 승수 본 지가 몇 년이 됐는지 모르겠어요. 우리 미국 한 번 다녀와요. 이러다 승수 얼굴도 못 보고 죽겠어요."

승수가 돈을 좀 마련해달라는 말을 남기고 간 뒤 얼마 되지 않은 시점이었는데 아내는 갑자기 승수가 보고 싶다고 난리를 쳤다.

아내는 승수가 다녀간 사실도, 승수가 돈을 해놓을 것을 요구한 사실도 모두 기억하지 못했다.

"우리 승수가 이제 결혼할 나이가 됐는데…."

아내는 승수가 며느리와 손자까지 데리고 왔었다는 사실도 전혀 기억하지 못했다.

"한 번 다녀오고 싶어요. 미국에."

"…."

"오늘 당장 미국에 가요."

아내는 보채기 시작했다. 당장 미국으로 가자고 소리쳤다. 아내는 냉장고를 열어 이런저런 밑반찬을 꺼내더니, 보자기에 싸기 시작했다.

"우리 승수가 좋아하는 머위를 가져가야 하는데…."

아내는 울상이 됐다. 집에 머위가 없었기 때문이다.

머위는 승수가 아주 좋아하는 것이다. 대학 때 친구 고향집에 내려가서 처음 먹어본 이후 그 쌉쌀한 맛에 매료됐다면서, 엄마에게 가끔 사달라고 이야기하곤 했다.

"나 시장에 좀 다녀올게요. 머위 좀 사와야겠어요. 다녀올 때까지 좀 기다려주세요. 혼자 가지 말고요."

아내가 갑자기 시장에 가겠다고 나섰다. 하지만, 시장에 머위가 있을 턱이 없다. 머위는 아무 때나 나오는 것이 아니기 때문이다.

"아니 어디를 가려고 그래? 지금 가 봐도 머위는 없단 말이야."

"왜 그래요. 승수 보러 가려면 머위는 갖고 가야지요. 그 애가 얼마나 좋아하는 건데요?"

아내는 금방이라도 울음을 터뜨릴 것 같은 표정을 지었다.

"그래, 그래. 한 번 가보자."

하는 수 없이 차에 시동을 걸었다. 머위가 없으면 다른 거라도 사자는 마음이었다. 시장에 다녀오는 동안 아내의 기분이 좋아질 수도 있을 것이라는 기대도 했다.

시장으로 가는 길은 좁았다. 도로도 좁았지만, 도로변에 마구 세워진 차로 인해 속도를 낼 수가 없었다.

시장은 상인들이 철수 준비를 하느라 분주했다. 마지막 떨이를 파는 상인들이 손님을 부르는 소리가 요란했다.

"머위 있어요?"

"머위요? 아니 지금이 몇 월인데 머위를 찾아요? 봄에나 나와요."

아내의 표정이 굳어졌다.

"아니 아줌마, 우리 승수 좀 주려고 하는데 그까짓 걸 숨겨요?"

"아니, 이 아줌마가…. 숨기기는 뭐를 숨겼다고 그래요?"

사태가 심상치 않게 진행되고 있었다.

"아이구 당신. 왜 그래? 지금은 머위 따는 철이 아니라고 하시잖아."

서둘러 아내의 팔을 끌어당겼지만 아내는 꿈쩍도 하지 않았다.

"아이구 다들 왜 그래요? 우리 승수가 좋아하는 머위를 저 사람들이 숨겨놓고 안 주잖아요."

흥분한 아내는 시장 바닥에 털썩 주저앉았다.

"나 머위 안 주면 한 발짝도 못 움직여. 빨리 머위 내놔!"

"아니 이 아줌마 정말로 고집이 만만치 않네. 잠깐만 좀 기다려 봐요. 나중에 우리 식구들이나 주려고 냉장고에 넣어준

게 좀 있나 볼 테니까."

보다 못한 채소가게 아주머니가 나서면서 사태는 일단락이 됐다.

아내는 어렵게 산 머위를 손에 들고 즐거운 표정을 지어 보였다.

아내의 기분 상태는 금방 좋아졌다. 하지만, 그걸로 끝이었다. 집으로 돌아온 아내는 피곤하다면서 바로 방으로 들어갔다. 승수 만나러 미국에 가겠다는 좀 전의 상황을 전혀 기억하지 못하고 있는 듯했다.

저녁때 승수가 전화를 걸어왔다.

"내일 집에 갈게요."

6월 12일 이대로 죽을 수는 없잖아요

저녁 9시쯤 됐을까? 승수가 왔다. 혼자였다.

"아버지, 저 왔어요."

"어디 임시로 살만한 곳은 구한 거지?"

"예, 처가쪽 친척집이 비어있다고 해서 거기에 짐을 풀어놓고 있어요."

그때 방 안에 있던 아내가 나왔다. 그렇게 보고 싶다던 승수가 모습을 드러냈지만, 아내는 심드렁한 표정이었다.

"가만히 있어. 누구시더라?"

"엄마, 저예요. 승수."

승수는 엄마가 자신을 알아보지 못했지만, 크게 괘념하지 않았다.

"아버지, 어떻게 좀 해주셔야겠어요."

승수는 다시 돈 얘기를 꺼냈다. 그러나 나는 승수에게 해줄 말이 없었다. 지금 이 상황에서 승수에게 돈을 마련해줄 방법은 따로 없었다.

"네가 돌아가고 나서 나도 방법을 많이 생각해봤지만, 뾰족한 수가 없구나. 정말로 미안하구나."

"…."

“거기 좀 앉아 봐라. 나랑 한잔하자. 오늘은 엄마도 너를 알아보지 못하는구나. 차라리 이런 날이 더 편하겠구나.”

냉장고에서 소주와 마른반찬을 꺼내다 식탁에 놓고 승수와 마주앉았다.

그동안 승수와 단둘이 식사를 하거나, 술을 마실 기회는 많지 않았다. 승수는 늘 바빴다. 아니 아버지인 나와 따로 시간을 갖기를 원하지 않았다.

“네 엄마 상태 봤지?”

“….”

“요즘 들어서 상태가 더 심해지는구나.”

“….”

“승수야, 너 앞으로 어떻게 하려고 하니?”

“저도 잘 모르겠어요. 제대로 된 일자리를 찾아야 되는데 그게 안 돼요. 미국에서도 그렇고, 한국에서도 그렇고. 장기적으로는 한국에서 살아야 하는데….”

“어디를 알아보고 있니?”

“어디긴 어디겠어요. 대학이죠. 제가 일을 할 수 있는 곳은 그런 곳밖에 더 있겠어요?”

“요즘 석,박사 고급인력이 취직하기 더 힘들다고 하더구나. 더구나 인문학 쪽에서는.”

"그래서 말인데요."

"…."

"여기 와서 알게 된 건데, 지금 ○○대학에 저에게 딱 맞는 자리가 하나 생겼어요. 정말로 나에게 딱 맞는…."

"아 그래. 그럼 한 번 제대로 준비해서 지원을 해봐야겠구나."

"아버지, 그게 그렇게 간단한 게 아닌가 봐요. 형식적으로는 공개채용을 한다고 하는데, 사실은 억대의 기부금을 준비해야만 가능한가 봐요."

가슴이 철렁했다.

'딱 맞는 자리가 생겼는데, 돈이 필요하다고?'

내 머릿속은 복잡해지기 시작했다.

"그래 언제까지 필요한 건데?"

"급한 건 아니구요. 학회 쪽 사람이 알려준 건데요. 내년에 정년퇴임하는 교수가 나가면 새로 뽑는다고 해요. 저와 같은 전공을 한 사람을요. 돈이 적어도 억대는 있어야 하는가 봐요."

"그런 돈은 내게 무리다. 내가 살고 있는 집을 모두 처분해 봐야…."

"아휴, 정말로 좋은 기횐데, 아버지 정말로 어떻게 안 되겠어요?"

"…"

승수는 소주를 연신 들이켰다. 자신도 답답하다는 표정이었다.

'그래도 착한 놈이지. 이런 때 차라리 아버지에게 화라도 좀 내지.'

승수에게 미안했다. 아무것도 해줄 수 없는 이 상황이 싫었다.

"승수야, 내가 어떻게 방법을 좀 찾아볼 테니 조금만 기다려볼래?"

"네 아버지. 늘 죄송해요."

6월 15일 이 세상에서 가장 맛없는 햄

고등학교 3학년 때 같은 반이었던 용래가 생각났다. 용래는 늘 과묵했다. 다른 친구들과 말을 거의 섞지 않았다.

그 애는 늘 도시락으로 기억됐다. 그 애의 도시락은 언제나 화려했다. 다른 친구들은 계란 프라이를 얹은 도시락에 간단한 마른 반찬이면 끝이었지만, 그 애는 도시락을 늘 2개 갖고 다녔다. 아니, 2층 도시락이라고 하는 편이 더 나을지도 모르겠다. 용래가 멋진 가죽 케이스에서 꺼낸 도시락은 2층으로 돼 있었다. 아래층은 밥이고 위층은 반찬으로 구성된. 용래가 반찬이 들어있는 도시락을 열면, 눈이 부셨다. 내가 태어나서 처음으로 햄이라는 것을 먹어본 것은 순전히 용래 덕분이었다. 나는 점심시간만 되면 젓가락과 도시락 뚜껑을 들고 교실을 한 바퀴 순회했다. 친구들이 도시락을 열어놓고 밥을 먹기 시작할 때 순회에 나서는 친구는 나 말고도 몇 명 더 있었다. 나는 그렇게 친구들로부터 얻어먹은 반찬이 너무나 맛있었다.

그날도 나는 반찬 순회를 돌았고, 용래 앞에서는 언제나처럼 잠시 몸이 굳어졌다. 화려한 반찬이 가득 찬 반찬통에 기가 죽었는지도 모르겠다.

나는 좀 주저하면서도 용래의 반찬통으로 젓가락을 옮겼다. 그때까지 나는 용래와 이렇다 할 이야기를 나눈 사이는 아니었다. 다른 아이들과도 그렇지만, 이렇게 하면서 친해지는 거지, 라고 생각하는 정도였다.

내 젓가락은 용래의 반찬통에 있는 햄 쪽으로 향하고 있었다. 노릇노릇 구워진 햄은 보기만 해도 침이 넘어갔다. 내 젓가락이 용래의 반찬통에 있는 햄 세 쪽을 집어서 한꺼번에 내 도시락 뚜껑으로 가져오는 순간 용래가 나를 노려봤다. 그와 나의 눈이 정면으로 부딪쳤다.

그것은 분명히 경멸의 눈빛이었다. 용래는 아무런 이야기도 하지 않았지만, 그의 눈빛에는 반찬이나 얻어먹는 너 같은 놈이랑은 상종도 하기 싫어, 라는 메시지가 실려 있었다.

하지만, 나는 멈출 수 없었다. 어차피 저질러진 일이었기 때문이다. 햄을 도시락 뚜껑에 담은 나는 황급히 자리를 떴다. 내 자리로 돌아온 나는 도시락을 먹기 시작했다. 용래의 햄은 정말로 맛있었다.

하지만 그 맛은 지금까지 먹어본 그 어떤 반찬에 비해 썼다. 용래의 그 경멸하는 듯한 눈빛이 떠올랐기 때문이다. 묘한 모멸감이 엄습해 왔다. 거지가 된 느낌이었다.

그날 이후로도 나는 반찬 순회를 돌았지만, 늘 용래의 자리를 건너뛰었다.

이후로도 용래와 이야기를 나누는 일은 없었다. 나는 늘 용래를 의식했지만, 용래가 나를 어떻게 생각했는지, 혹 의식하기는 했는지 알 길이 없었다.

승수가 말한 대학은 용래의 작은 아버지가 이사장으로 있는 사립대학이었다. 고등학교 다닐 때부터 용래가 대학 재단쪽 아들이라는 사실은 알고 있었다. 대학 재단 이사장이 어떤 부와 권력을 갖고 있는지, 구체적으로 알 수는 없었지만 그때도 막연히 '대단한 집이구나' 하는 생각을 하고 있었다. 들리는 소문에 의하면 용래의 아버지가 이사장 자리에서 내려온 뒤 작은 아버지가 그 뒤를 이어오고 있는 듯했다.

동창 몇 명에게 전화를 돌린 끝에 용래가 다른 대학의 교수로 일하고 있지만, 머지않아 대학 경영에 직접 참여하게 될 것이고, 궁극적으로는 이사장을 맡게 될 것이라는 이야기를 들었다.

"김용래 교수 되시나? 나 고등학교 2학년 때 같은 반이었던 김상혁이라고 하는데, 기억해?"

내 말투는 애매했다. 반말도 존댓말도 아니었다. 고등학교를 졸업한 뒤 처음으로 전화를 걸어 갑자기 반말을 하는 것은 예의가 아니라고 생각했다. 하지만, 존댓말을 쓴다면, 내가 하고 싶은 이야기를 하기가 더욱 어려워질 거라는 생각이 들었다.

도시락 반찬의 햄을 갖다먹은 친구라고 이야기하면 바로 기억할지 모른다는 생각을 하면서도 그 말만은 차마 꺼낼 수 없었다.

"아, 그래요?"

용래의 어투에서 나를 기억하고 있다는 것을 느낄 수 있었다. 하지만 용래는 대화를 적극적으로 이어갈 생각이 전혀 없다는 것을 자신의 어투를 통해 분명하게 전하고 있었다.

빈말이라도 '반갑다'거나 '아 기억이 나는 것 같기도 하고'라는 식의 반응은 할 줄 알았지만, 그의 말은 차가웠다.

"긴히 할 이야기가 있는데, 시간을 좀 내줬으면 해서…."

"아, 요즘 내가 하는 일이 좀 바빠서…."

용래는 노골적으로 대화를 거부했다. 더 이상 대화를 진행하기가 어려운 상황이었다. 그 옛날 햄을 집어가던 나를 노려보던 그 눈빛이 선연하게 떠올랐다. 하지만, 한 번 더 용기를 냈다.

"내가 연구실로 찾아갈까 하는데…. 잠깐만 상의하고 싶은 일이 …."

"아니 내가 좀 바빠서…."

용래는 일방적으로 전화를 끊었다. 같은 반 친구를 포함한 고교 동창들과의 교류가 거의 없다는 얘기는 들었지만, 이렇게까지 할 줄은 정말로 몰랐다.

일단 만나서 이야기라도 좀 해보려고 했지만, 용래는 작은 틈도 주지 않았다.

결국, 내가 승수를 위해 해줄 수 있는 것은 아무것도 없다는 것만 확인한 꼴이 되었다. 온몸에서 힘이 빠졌다.

6월 20일 아들의 냄새

저녁 10시가 넘은 시간이었다. 초인종이 울려 나가보니, 승수는 문 앞에 기댄 채 비틀거리고 있었다. 승수는 원래 술을 많이 마시지 않는 아이였다.

"승수야, 너 왜 이러고 있어?"

"…"

승수는 아무런 대답도 하지 않은 채 그 자리에 주저앉았다. 승수는 울고 있었다.

울고 있는 승수를 간신히 안아 집안으로 데려왔다. 승수의 입에서 이상한 냄새가 났다.

술 냄새와는 분명히 다른….

아내는 방에서 자고 있는 듯 조용했다.

"아버지, 정말 어떻게 안 될까요?"

승수는 아마도 돈 얘기를 하고 있는 것 같았다. 돈을 구해달라고 왔다가 돌아간 지 얼마 안 된 상황이다.

뭐라고 할 말이 없었다. 승수가 그 대학에 들어갈 수 있는 방법을 찾아보기 위해 용래에게 연락을 했던 일이 떠올랐다. 그 친구가 만나주기라도 한다면, 무릎이라도 꿇을 생각이었다. 하지만, 용래는 만날 수도 없었다.

"아버지, 저 정말로 미치겠다고요. 미국에도 한국에도 갈 곳이 없어요. 먹고살 길이 없다고요. 정말 미치겠어요."

승수가 서서히 정신을 차리는 것 같았다. 승수는 내 눈을 노려봤다.

"아버지, 이번에는 정말로 결단을 좀 내려주세요."

"…."

"정말 좋은 기회란 말이에요."

"승수야, 아빠도 어떻게 해줄 수 있는 게 없구나. 여러 가지 생각을 해봤는데, 방법이 없구나. 네 엄마 상황은 너도 알고 있지 않니? 엄마 상태가 갈수록 안 좋아지고 있어."

승수는 원래 제 엄마와 사이가 좋았다. 승수나 나나 살가운 성격이 아니어서 우리 둘 사이에는 특별한 대화조차 없었다. 하지만, 제 엄마와는 이런저런 이야기를 자주 나누곤 했다.

승수는 미국으로 가기 전 제 엄마와 함께 잠을 자기도 했다.

승수는 엄마에게서 심각한 변화가 나타나고 있다는 사실을 직접 보면서도 별다른 반응을 보이지 않았다. 어쩌면, 엄마가 그런 상황에 빠진 사실을 인정하고 싶지 않았는지도 모르겠다고, 나는 생각했다.

"다 죽어요. 엄마도 죽고 아빠도 죽고…. 마누라도 죽고, 애도 죽고…."

승수의 입에서 갑자기 격한 말이 쏟아졌다. 착한 승수의 입에서 이런 말이 나오는 것은 처음이었다.

"그게 무슨 말이냐. 엄마가 불쌍하지도 않니? 나는 엄마가 잠시라도 제정신으로 돌아와 우리 가족과 즐거운 시간을 갖게 되길 고대하고 있는데…. 아무리 화가 났다고 해도 입에 담을 말이 따로 있지…."

승수가 너무나도 야속했다. 그래서 화가 났다. 화를 낼 수밖에 없었다.

"승수야, 엄마가 마지막으로 편안하게 지낼 수 있는 곳이 바로 이 집이다. 우리에게는 이 집 이외에 아무것도 없어. 보증금 몇 푼 남은 걸 어떻게…."

갑자기 눈물이 났다. 아무리 자식이라고 해도 너무한다는 생각이 들었다.

"아버지, 우리 같이 죽어요."

승수가 갑자기 몸을 일으켜 세우더니 주방으로 다가갔다. 싱크대 옆에 있던 식칼을 집어 들더니, 아내가 자고 있는 방

쪽으로 갔다.

순간, 나는 몸을 던져 승수를 막아섰다.

"너 왜 그래? 무슨 짓을 하려는 거야?"

승수의 눈은 풀려있었다. 현관에서 안고 들어올 때 나던 냄새가 또 났다. 무슨 약물 냄새 같았다.

"이거 놓으세요. 이런 인생 살아서 뭐해요. 다 죽어요."

승수의 두 팔을 꽉 잡았다. 발버둥 치는 승수의 다리를 걸었다. 쿵 넘어졌다. 술과 이상한 약에 취해 있던 승수는 더는 힘을 쓰지 못했다.

"너무 힘이 들어요."

승수는 흐느끼면서 그렇게 말했다.

계속 흐느끼는 승수의 팔을 놨지만, 승수는 움직이지 않았다. 얼굴에 코를 대보니, 냄새가 코를 찔렀다. 약물 냄새였다. 어떤 마약인지도 모른다는 생각이 들었다.

결국 거기까지 손을 댄 것일까? 생각이 거기에 미치자, 눈물이 났다.

승수의 눈은 풀려있었고, 몸은 푹 처져있었다. 안쓰러운 생각이 들었다.

승수의 몸을 안았다. 아마도 승수가 중학교에 간 이후 안아본 것은 처음일 것이다. 승수의 볼에 내 볼을 비볐다. 따스했다.

아내가 저렇게 되고, 나는 그 누구와도 마음을 나눌 수가 없었다. 외로웠다. 이럴 때 승수라도 있었으면, 하는 생각도 자주 했었다.

그때 승수가 다시 깨어나는 듯했다.

"제가 죽을 거 같아요. 아버지 죄송해요. 정말 죄송해요. 어머니, 죄송해요. 아 어머니…"

헛소리를 내지르던 승수는 다시 잠이 들었다.

2부

6월 24일

햇살 좋은 어느 날 오후, 서로 등 대고 졸다가 함께 죽어요

"그동안 고생이 너무 많으셨습니다. 아내를 위해 이렇게 헌신하는 남편분은 처음입니다. 하지만, 남편분께서 부인을 위해 실질적으로 해드릴 수 있는 것은 거의 없습니다. 이제는 입원해서 치료하는 것을 고려하시는 것이 좋겠습니다. 앞으로 병세는 더욱 빨리 진행될 겁니다."

"…."

"물론 입원을 한다고 해도 의학적으로 할 수 있는 것은 별로 없습니다. 치료를 통해 병증을 개선하는 것은 쉽지 않습니다. 아내분께서 입원을 하시게 되면 환자 본인은 물론 가족, 그러니까 남편분께서 조금은 여유를 갖고 생활할 수 있을 겁니다. 지금까지 남편분께서는 해드릴 수 있는 것은 모두 해드렸다고 생각합니다."

의사는 입원을 강력하게 권유했다. 의사가 입원을 권유한 것은 처음이 아니었지만, 이번만큼 강하게 권유한 것은 처음이었다. 그만큼 병세가 악화됐다는 얘기다.

"아내가 워낙 제 곁을 떠나기 싫어해서요. 약을 먹으면서 집에서 치료하는 것은 어려울까요?"

"환자와 보호자께서 그렇게 원하시면 어쩔 수 없는 일입니다만, 앞으로 증세가 심해지면 지금과는 다를 겁니다. 상상하기 어려운 일이 닥칠 겁니다."

"알겠습니다. 아내와 이야기를 해보겠습니다."

진료실에서 나와보니 아내는 TV를 즐겁게 보고 있었다. 아내는 드라마를 그렇게 좋아하지 않는데, 요즘 TV에 유난히 집중하는 모습을 자주 보였다.

"미국이래요. 미국에 사는 한국 사람들 얘긴데, 우리 승수가 혹시 없나 해서 보고 있어요."

아내는 TV의 다큐멘터리 프로그램을 뚫어지게 보고 있었다.

"있잖아, 할 얘기가 좀 있는데, 밖으로 나갈까?"

"왜 그래요. 지금 중요한 거 하는데. 저기에 승수 나올지도 모르잖아요."

"그래…."

아내가 TV프로그램을 다 볼 때까지 옆에서 신문을 봤다.

"에이, 씨팔, 승수는 안 나오네…."

아내의 입에서 갑자기 욕이 나왔다. 요즘 들어 성격이 변했다는 생각을 자주 하기는 했지만, 이렇게 밖에서 욕을 쏟아내는 것은 처음이었다.

"아마 놀라실 일이 많을지도 모릅니다. 사모님의 인격이 변했다는 생각이 들 수도 있어요. 때로는 욕도 하고, 거칠어지기도 하고… "

아내가 처음 진단을 받았을 때 의사는 그렇게 경고했었다.

'인격이 변한다고?'

'내 아내가?'

나는 믿어지지 않았다. 처음 진단을 받았을 때 실제로 아내는 예전과 마찬가지로 상냥하고, 친절했다. 가끔씩 무엇인가가 머리에서 떠오르지 않을 때 무척 당황해 하면서 화가 난 모습을 보인 적이 몇 차례 있지만, 인격이 변했다는 생각까지는 들지 않았다.

그런 아내의 입에서 요즘 자주 욕이 나왔다. 주변 사람들이 자신의 요구를 들어주지 않을 때 갑자기 거친 욕을 내뱉고는 했다.

아내와 병원 앞 공원을 걸었다. 좀 전까지 거친 욕을 내뱉은 사람치고는 다소곳하다. 요즘 들어 부쩍 내 팔짱을 자주 끼기도 한다.

"언제까지나 내 곁에 있어줄 거지요? 나보다 먼저 죽으면 절대로 안 돼요."

언젠가 집 주변에서 산책을 할 때 아내는 내 팔을 잡은 손에 힘을 주면서 그렇게 말했다.

"그럼, 내가 왜 먼저 죽어. 우리는 같은 날 같은 곳에서 죽을 건데…."

"그렇지요? 우리는 같이 죽을 거죠?"

"그런데 우리가 같은 날 같은 곳에서 죽는 방법은 딱 두 가지밖에 없겠는 걸…."

아내는 아무런 답변도 하지 않았다.

"함께 자살을 하거나, 함께 사고를 당하거나. 그렇지 않아?"

"싫어요. 자살도 싫고, 사고도 싫어요. 그냥 둘이 우리 집 거실에서 등 대고 앉아 있다가 같이 죽어요. 햇살 좋은 날 오후쯤이면 더욱 좋겠어요."

그랬다. 요즘 아내가 바라는 것은 나와 같이 있다가 나와 같이 죽는 것이었다.

"당신, 내가 하는 말 잘 들어줘."

"무슨 말인데 그렇게 뜸을 들여요. 답답하니까 빨리 말을 해봐요."

"좀 전에 의사 선생님 만나고 왔잖아. 선생님이 당신을 입원시켰으면 좋겠대. 병원에서 본격적으로 치료를 하는 것이 더 좋겠다고…."

"나 혼자요?"

"…"

"싫어요. 절대로 안 돼요. 오빠 없이 내가 어떻게 살아요. 나 절대로 오빠와 안 떨어질 거예요."

내 팔짱을 낀 아내의 손에 힘이 들어갔다.

"오빠가 나를 이제 버리려고 하는 거죠. 이제 제가 귀찮아진 거예요?"

"아니야, 아니야, 아니라니까."

울상이 된 아내를 나는 꼭 껴안았다.

아내는 나와 잠시도 떨어지려 하지 않았다. 아내는 내가 보이지 않으면 불안해 했고, 나의 부재상황이 오래 지속되면 심지어 울기까지 했다.

'알았어, 알았어. 내가 살아있는 한, 나에게 힘이 남아있는 한 당신 곁에 있을게.'

6월 29일 뭔가 타는 냄새가 나요

"김상혁 씨죠? 저 앞집이에요."

귀에 익지 않은 목소리였지만, 다급한 느낌이었다.

"네, 그런데요. 아, 안녕하세요?"

"혹시 댁에 지금 계신가요? 문을 아무리 두드려도 반응이 없어서요."

"무슨 일이신지?"

"지금 뭐가 타는 냄새가 나요. 연기도 조금 새어 나오는 것 같고요."

아내만 집에 남겨놓고 잠깐 중고자동차 시장에 다녀오기 위해 차를 운전하고 있는 중이었다. 당황스러웠다.

"아, 지금 아내가 혼자 집에 있는데…."

말을 하면서 차를 돌렸다. 맞은편 차선에 차가 오지 않았기에, 그냥 운전대를 돌렸다. 빨리 집으로 가야 한다는 생각뿐이었다.

"아, 그러시군요. 근데 좀 이상해요. 주무시는지도 모르겠네요."

"죄송합니다만, 관리사무소에 연락 좀 해주실 수 있으시겠어요? 아마 아내가 잠이 들었는지도 모르겠습니다. 저도 지금 바로 가겠습니다."

앞집 가족들은 아내에게 이상이 있다는 사실은 대략 알고 있었다.

"네 알겠습니다. 아니 119를 부르는 게 낫겠어요. 연기가 좀 나거든요."

"그럼 그렇게 해주시죠. 부탁드립니다."

가속 페달을 세게 밟았다.

'빨리 가야 해'

하지만, 도로가 막혀 생각만큼 빨리 가지는 못했다. 15분쯤 지나 도착해보니 아파트 앞에 소방차 한 대가 와 있었다. 끝내 소방차가 출동해야 했던 상황인 것 같았다.

"아이구 이제 오시는군요. 큰일 날 뻔했어요. 저 솥에 있던 음식이 거의 탔나 봐요. 다행히 큰불로 번지지는 않았고요. 사모님은 집에 안 계셨던 모양이에요. 소방관들이 창문으로 들어가셔서…."

앞집 아주머니 아니었으면 큰일 날 뻔한 순간이었다. 앞집 아주머니에게 고맙다는 인사를 몇 번씩 하고 집으로 들어갔다.

집에는 아무도 없었다. 집안에는 음식물이 타면서 발생한 냄새로 진동을 했다.

잠깐 나갔다 오겠다면서 내가 집을 나설 때만 해도 아내는 방 안에서 일기장을 보고 있었다. 아내가 일기장에 관심을 갖기 시작하면 한동안은 다른 생각을 하지 않기 때문에 별일 없을 것으로 생각한 것이 탈이었다. 아내는 요즘 일기를 한 자도 쓰지 않는 상태였지만, 내가 쓴 일기를 자주 봤다.

그때 아내가 집으로 왔다.

"아니 이게 무슨 일이예요? 왜 이렇게 집에서 냄새가 나죠?"

"당신 어떻게 된 거야? 어디 갔다 오는 거야?"

나도 모르게 목소리가 높아졌다. 울고 싶었다.

"오빠 찾으러 나갔었죠. 왜 아무 말도 안 하고 나갔어요. 무서워서 혼났어요. 배도 고팠고요."

아무런 말도 떠오르지 않았다. 분명히 자동차 시장에 다녀온다고 말을 했고, 그 전에 점심을 잘 차려먹었는데….

아내의 손에 빵이 들려있었다. 아내가 좋아하는 단팥빵이다. 아파트 앞 상가의 제과점에서 사온 것 같았다.

"배가 고파서요."

요즘 들어 아내는 자주 배가 고프다고 칭얼댔다. 원하는 것을 바로 주지 않으면 짜증을 내기도 했다.

"근데 왜 집에서 이렇게 냄새가 나요? 무슨 일 있었어요?"

너무나 천연덕스러운 아내의 질문에 순간적으로 화가 치밀었다. 하지만 참았다. 참는 수밖에 없었다. 아니 아내를 혼자 놔두고 외출한 나의 잘못이 더 크다.

"응, 음식 만들다가 뭐가 좀 탔어. 냄새는 곧 빠질 거야."

"무슨 음식을 만들었는데요? 혼자 다 먹었지요?"

더는 말이 나오지 않았다. 까맣게 타들어간 그릇을 닦고 있는데 눈물이 주루룩 흘렀다.

저녁이 다 되도록 창문을 열어놨지만, 고약한 냄새가 좀처럼 빠지지 않았다.

그때 앞집 부부가 왔다.

"얼마나 놀라셨어요? 저녁도 못 드셨지요?"

앞집 아주머니가 정성스럽게 만든 김밥을 식탁에 올려놨다. 아내는 앞집 사람들을 알아보지 못했다. 음식을 본 아내가 갑자기 식탁으로 달려들더니, 김밥 하나를 입에 넣었다.

앞집 부부가 인사를 했지만, 아내는 별다른 반응도 하지 않았다.

"이 냄새는 그냥 둬서는 빠지기 어렵다고 해요. 업자에게 부탁하면 해준다고 하던데…."

뼈와 고기가 타면서 생긴 냄새는 집안 곳곳에 스며들어 있었다.

거실 벽에 기대 있던 아내가 나를 보면서 환하게 웃었다.

"오줌 누고 싶어요."

7월 5일 빨간색 남자 팬티 10장 주세요

"저 빨간색 속옷 같이 사요."

일본 도쿄의 스가모 거리는 여러모로 인상적이었다.

'할머니들의 하라주쿠'라고 불리는 곳. 할머니, 할아버지가 좋아하는 물건은 뭐든지 다 있다는 곳. 스가모에 갈 때까지 내가 알고 있는 정보는 그 정도였다.

지하철역에서 빠져나오자마자 아내는 나를 빨간색 속옷을 파는 가게로 가자고 했다.

"빨간 속옷이 행운과 건강을 준대요."

물어물어 찾아간 가게 안에는 온통 빨간색 속옷과 양말 등으로 가득했다.

가게로 들어가는 아내의 얼굴이 붉게 상기되어 있었다. 빨강색 옷 때문에 그런지도 모른다는 생각이 들었다.

아내와 함께 가게의 상품 진열장 앞으로 다가갔다. 다양한 형태의 빨강색 속옷이 남녀별로 진열돼 있었다.

아내는 바로 물건을 고르기 시작했다. 빨간색 속옷을 뒤지는 아내의 모습은 진지했다.

"꼭 사주고 싶었어요. 이걸 입으면 건강해진다고 해요. 오빠가 건강해야 저를 챙겨주죠."

아내는 남성용 팬티를 10개나 달라고 했다. 그러면서 자신의 팬티는 2개만 샀다.

"아니 왜 당신 거는 2개만 사? 내 거를 줄이고 당신 거를 많이 사야지."

"아니에요. 저는 살아갈 날이 얼마 남지 않았잖아요."

아내의 입에서 그런 말이 나왔다. 살아갈 날이 얼마 남지 않았다고?

나는 아내의 그 말에 아무런 대꾸도 하지 못했다. 얼마 전 병원에 갔을 때 아내의 병 진행 속도가 빨라졌다는 것을 다시 한 번 알게 됐었다.

아내는 모든 상황을 알고 있는지도 모른다. 어쩌면 아내가 여기까지 온 이유도 자기 자신을 위해서가 아니라, 나를 위해서였는지도 모른다. 그런 생각이 들었다. 뾰족한 못이 가슴속을 파고드는 듯했다.

아내와 나는 빨간 팬티를 똑같이 10개씩 사서 가게를 나왔다.

노인들로 가득 찬 거리를 걷다가 사람들이 잔뜩 몰려있는 곳을 발견했다. 작은 사찰의 입구였다.

"맞아, 저기도 가야 해요. TV에서 봤어요."

아내는 아주 좋아했다. 박수를 치는 아내가 그렇게 천진난

만해 보일 수가 없었다.

사찰 입구에는 사람 키 정도 되는 관음보살상이 하나 있었고 그 앞에 많은 사람들이 줄을 지어 서 있었다. 대부분은 노인들이었다.

노인들은 자기 차례가 되면 불상에 물을 끼얹은 뒤 흰 수건으로 정성껏 문질렀다. 어떤 사람은 가슴을, 어떤 사람은 어깨를, 어떤 사람은 눈을 문질렀다.

"자기가 아픈 곳을 저렇게 문지르면 아픈 게 낫는대요. 오빠부터 하세요."

나에게 먼저 물을 끼얹으라는 얘기였다.

"왜 그래, 당신부터 해야지."

"아니에요. 오빠부터 해야 해요. 내가 죽은 뒤에도 건강하게 오래 살아야지요."

아내가 갑자기 '죽음'을 입에 담았다. 당황스러웠지만, 어쩔 수 없었다. 아내가 원하는 대로 해주는 게 최고라는 생각을 하고 있었다.

내가 불상에 물을 끼얹자 아내는 불상의 온몸을 열심히 닦았다. 온몸을 닦게 되니 시간이 많이 걸렸다. 뒤에서 기다리던 사람들이 불만스런 표정으로 쳐다보고 있었다.

"오빠, 아픈 곳 하나도 없게 해달라고 빌었어요."

아내의 이 말로 사람들이 우리가 외국인이라는 사실을 알게 된 것 같았다.

아내도 물을 끼얹었다. 물을 다 끼얹은 아내는 흰 수건으로 불상의 머리 부분을 열심히 닦았다. 왜 거기를 닦느냐고 묻지 않았다. 아내가 너무 오래 불상을 독점하자, 뒤에서 불평이 터져나오기 시작했다. 정확히 알아들을 수는 없었지만 무슨 말을 했는지는 알 수 있을 것 같았다.

뒤쪽을 보니 30m 이상 긴 대기행렬이 생겨나 있었다.

"이제 가자. 기다리는 사람들이 많아."

"싫어요. 이렇게 하면 나도 오빠도 건강해질 수 있어요."

아내는 막무가내였다. 하는 수 없이 뒤쪽에 서 있는 사람들을 향해 고개를 숙였다.

"죄송합니다. 제 아내가 지금…."

하지만 더는 말이 나오지 않았다. 대신 눈물이 났다. 여전히 불상의 머리를 닦고 있는 아내를 억지로 껴안고 나왔다.

계속 눈물이 흘렀다.

"스가모에 가보고 싶어요. 스가모라는 데를 꼭 한번 가보고 싶어요. TV에서 봤는데 꼭 가고 싶어요."

한 달 전쯤인가, 아내가 갑자기 스가모라는 곳에 가고 싶다고 했다.

"'스가모'가 어디지?"

들어본 적이 전혀 없는 곳이었다.

"우리나라는 분명히 아닌 것 같고, 일본인가?"

"네, 맞아요. 일본 도쿄에 있는 거리 이름인데요. 할머니들이 그렇게 많다고 하네요."

아내는 TV의 여행프로그램을 보다가 스가모라는 곳을 알게 된 것 같았다. 아내는 막무가내였다.

하지만, 아내의 증상은 상당히 악화돼 있었다. 기억력은 현저하게 떨어져 있고, 성격은 전혀 딴 사람인 것처럼 바뀌었다.

'아마도 인격이 바뀌었다는 생각이 드실 수도 있을 겁니다.'

담당 의사가 언젠가 내뱉은 이 말이 또 생각났다. 최근 들어 아내는 자신이 하고 싶은 것을 꼭 관철시키고야 말겠다는, 강한 고집을 자주 드러냈다.

한 번 먹고 싶은 것, 한 번 하고 싶은 것, 한 번 가고 싶은 곳은 절대로 포기하지 않았다. 점점 어린이가 되어 간다는 생각이 들었다. 그래서 아내가 원하는 것은 대부분 들어줬다.

하지만, 이번 건은 무척 당황스러웠다. 아내의 몸 상태가 예전 같지 않은데다, 일본에 다녀오려면 비용도 만만치 않게 들기 때문이었다. 아내가 지금까지 외국여행을 가고 싶다고 말한 것은 처음이었다.

아내의 병세가 비행기나 공항, 숙소 등에서 갑자기 악화될 수 있다는 생각에 겁이 나기도 했다.

하지만, 다녀오기로 마음을 먹었다. '스가모에 가고 싶다'고 말할 때, 그때 아내의 눈빛이 워낙 간절했기 때문이었다. 이번에 못 데리고 가면 평생 후회할지도 모른다는 생각도 들었다.

저가항공을 이용하고 게스트하우스에서 숙박을 한다면, 최소의 비용으로 다녀올 수 있겠다는 계산도 마쳤다.

하지만, 아내가 비행기와 기차 등 대중교통으로 이동한다는 것은 큰 부담이었다. 특히 용변을 해결하는 것이 큰 문제였다. 처음에는 미니 요강을 준비할까, 하고 생각하기도 했지만, 그건 포기했다. 대신 흡수력이 아주 뛰어나 2~3시간 동안은 걱정 없이 이동할 수 있는 고령자용 기저귀를 준비했다.

"이거면 걱정하지 않아도 되니까, 마려우면 여기에다 그냥 싸면 돼. 알았지."

비행기를 탈 때 몇 번씩 그렇게 일렀다. 아내도 첫 해외여행이어서 그런지 다소 긴장을 했지만, 최근 들어 가장 좋은 모습을 보였다. 판단력이나 말하는 것도 최근 들어 가장 좋았었다. 그래서 그런지 아내는 비행기로 이동하는 2시간 40분 동안 단 한 차례도 용변을 보지 않았다. 죽을 힘을 다해 참았을지도 모를 일이다. 문제는 나리타공항에서 내려 도쿄 시내로 가는 버스에서 터졌다. 아내가 갑자기 화장실에 가고 싶다고 난리를 치기 시작한 것이었다.

"그냥 싸, 아니 눠!"

죽을 것 같다고 소리치는 아내에게 그냥 기저귀에 오줌을 누라고 얘기했지만, 아내는 전혀 들으려 하지 않았다.

"아니에요. 어떻게 여기서 싸요. 냄새나잖아요. 빨리 차를 세워주세요."

하는 수 없이 운전기사에게 손짓발짓을 써가면서 설명해 버스를 잠시 세웠다.

승객들의 눈총을 받으며 휴게소 화장실에 다녀온 아내의 얼굴이 환해졌다.

"죄송합니다."

나는 벌떡 일어나 그렇게 인사를 하고 아내와 함께 자리에 앉았다. 아내는 바로 잠이 들었다.

7월 12일 선생님, 사투리에도 구개음화가 있나요?

"선생님, 안에 계세요? 저 유진이예요. 3학년 5반 이유진"

아내였다.

우리는 함께 점심을 먹었다. 이후 나는 방에 들어와 책을 보고 있었고, 아내는 거실 소파에 앉아 있었다.

"저 잠깐만 들어가도 돼요? 선생님께 궁금한 것이 있어서요."

벌어진 상황을 이해는 할 수 있었지만, 당황스러웠다. 아내는 자신이 현도안 선생님과 함께 있는 것으로 착각하고 있는 것 같았다.

아내는 현도안 선생님이 오랜 고생 끝에 요양병원으로 들어갔다는 소식을 접한 뒤 선생님에 대해 언급하는 일이 전혀 없었다.

오늘 나는 현도안 선생님이 되어 있었다.

"그래 들어와."

나는 상황을 그대로 받아들이기로 했다. 아니 그 수밖에 없었다. 방으로 들어오는 아내의 손에는 공책이 하나 들려 있었다.

"선생님 안녕하세요? 일요일에 쉬시는데 정말로 죄송해요."

"…."

"공부를 하다가 궁금한 것이 생겨서…."

아내는 말을 제대로 이어가지 못했다. 심지어는 내 눈을 제대로 보지도 못했다.

"구개음화 있잖아요. 이해가 잘 가지 않는 곳이 있어서요. 사투리에도 나타난다고 하셨는데…."

아내가 '구개음화'라는, 학교 졸업 후 거의 들어보지 못한 단어를 내뱉었다. 오랜만에 그 단어를 듣자 그 옛날 학창시절이 떠오르기도 했다.

"응 '굳이'가 '구지'로, '밭이'가 '바치'로 발음되는 게 구개음화인데…."

"네 저도 그건 알고 있는데요. 사투리에도 그런 게 있다고 하던데, 어떤 말이 있는지 모르겠어서요."

"응, 충청도 이런 곳에서는 '김치'를 '짐치'라고 하고, '길'을 '질'이라고 하는데 그런 것도 구개음화로 보는 거야. 아, '힘'을 '심'이라고 하는 것도 구개음화라고 해."

나는 구개음화에 대한 지식을 총동원해서 아내에게 설명을 해줬다.

"아이구 대단한데 그런 것에까지 관심을 갖고. 유진이의 국어실력이 보통이 아닌데."

아내의 얼굴 표정이 환해졌다. 나의, 아니 현도안 선생님의 친절한 설명과 칭찬 덕분에 기분이 좋아진 모양이었다.

"선생님 고맙습니다."

아내는 더는 말을 이어가지 못했다. 대신 방 이곳저곳을 두리번거렸다.

우리 부부의 삶이 녹아있는 물건들이 빼곡한 그 방을 아내는 현선생님의 방으로 생각하는 듯했다.

"그래 유진이는 앞으로 어떻게 하려고 그래? 글도 잘 쓰고, 무엇보다 글 쓰는 것을 아주 좋아하는데?"

"…"

아내는 갑작스런 질문에 말문을 열지 못했지만, 표정만은 그 어느 때보다 밝아 보였다.

더 이상 말을 하지 않은 채 벽에 기대앉아있던 아내는 스르르 잠이 들었다.

꿈속에서도 선생님을 만나고 있는지, 가끔씩 웃기도 했다.

침대 위에 있던 담요로 아내의 상체를 덮어줬다.

코스모스. 그래 아내는 코스모스다. 언제나 코스모스다. 아내는 화려하지도, 강렬하지도 않다. 자신의 존재를 일부러 드러내려고도 하지 않는다.

아마, 그때, 아내가 중학생 시절에도 그랬을 것이다. 아내의 첫사랑임에 틀림 없는 현도안 선생님 앞에서도 아내는 자신을 분명하게 드러내지 않았을 것이다. 자신이 선생님을 좋아하고 있다는 사실을 선생님에게 알리기 위해 애를 쓰지도 않았을 것이다.

시골길 도로변에 수없이 많이 나 있는 코스모스. 그 중 딱 하나. 그게 바로 아내 이유진이다.

아내의 손에 들려 있는 노트가 방바닥으로 뚝 떨어졌다. 노트를 집어 보니, 첫 장 위쪽에 무엇인가 적혀 있었다.

'선생님께 물을 것. 구개음화. 나이. 고향. 좋아하는 여자가 있는지. 어떤 여자를 좋아하는지, 좋아하는 음식은 무엇인지. 좋아하는 소설가는 누구인지. 사진 한 장만 얻을 수 있는지'

아내는 선생님의 많은 것을 알고 싶었던 것 같았다. 하지만, 아내가 실제로 물은 것은 구개음화에 대한 것뿐이었다. 많은 궁금증, 선생님에 대해 알고 싶은 수많은 것들이 있었지만, 아내는 그런 것들에 대해 전혀 묻지 않고도 행복을 느꼈는지도 모르겠다.

'미안해, 내가 현도안 선생님이 아니어서….'

아내를 방안에 남겨두고 나왔다. 잠에서 깨어난 아내가 처음 마주치는 사람이 내가 아니어야 한다는 생각을 하면서….

해가 뉘엿뉘엿 지고 있었다.

7월 20일 오빠 손에 죽고 싶어요

"부탁이 하나 있어요."

"응, 뭔데?"

"이것만은 꼭 들어줘야 해요."

"그럼, 그렇게 할게. 어떤 부탁이라도 들어준다고 약속했었잖아. 뭔데 그래?"

아내의 표정에서 강한 의지가 느껴졌다. 눈이 초롱초롱했다. 저녁식사 시간을 얼마 앞두고 아내는 외식을 하자면서 내 손을 잡아끌었다.

"요 앞에 아구찜 집 예약해 놨어요."

아내는 나를 데리고 아구찜 집으로 갔다. 나와 아내는 아구찜을 자주 먹었다. 아내와 나는 쫄깃한 아구의 식감, 그리고 아삭아삭 씹히는 콩나물의 식감을 아주 좋아했다. 그래서 두 사람의 생일이나 특별한 일이 있는 날에는 늘 아구찜 집을 찾았다.

푸짐한 아구찜이 소주와 함께 나왔다. 아내는 내 컵에 소주를 가득 따르더니, 나를 물끄러미 바라봤다.

"우리 오빠, 많이 늙었어요."

"그럼 나이가 있는데…. 여기 이 흰 머리 좀 봐. 알잖아? 여기까지 하얘진 거"

"그래도 피부는 팽팽한 데요, 뭘."

아내는 오늘따라 나의 얼굴을 자주 바라봤다. 그런 아내의 눈길에서 불안감이 스쳤다. 무슨 할 말이라도 있는 것인가.

"있잖아요, 아무래도 안 되겠어요. 이대로는."

"아니 왜 그래."

"부탁이 하나 있어요. 꼭 들어줘야 해요. 안 된다고 거절하면 안 돼요. 미리 '꼭 들어주겠다'고 약속해줘요."

아이처럼 새끼손가락을 내미는 아내의 얼굴은 진지했다.

'알았다'면서 내가 새끼손가락을 걸어주자 아내는, 이제 됐다는 듯 이야기를 시작했다.

"꼭 오빠 손으로 죽고 싶어요."

"뭐라고?"

"오빠 손으로 죽고 싶다고요."

"이대로는 안 되겠어요. 오늘 낮에 그동안 쓴 일기를 다시 다 읽어봤어요. 이 상태로는 더 이상 안 되겠어요. 기억이 나지를 않아요. 도대체 기억이 나지 않는 게 너무 많아요."

"아니야 무슨 얘기야, 당신이 요즘 약해져서 그런 거야."

"아니에요. 분명해요. 그래서 말인데요…."

아내는 한동안 말을 이어가지 못했다.

"소주 한 잔 해도 돼요?"

술은 입에 대지도 않던 아내의 입에서 소주 얘기가 나왔다. 당황스러웠다. 나는 바로 대답을 하지 못했다.

"아니 내가 마실게요."

자기 앞에 있던 술잔을 가득 채운 아내가 소주를 몇 모금 마시더니 잔을 다시 테이블에 내려놨다.

"나를 죽여주세요. 너무 무서워요. 이대로 가다가는 무슨 일을 저지를 것 같아서 너무 두려워요."

나는 주변을 둘러봤다. 다행히 사람이 없었다. 계산대 앞에 있던 식당 주인은 TV 드라마에 몰두하고 있었다.

"오빠가 쓴 일기 내용 중 절반 이상은 기억이 나지 않아요. 아무리 생각을 해봐도 떠오르지를 않아요."

어느 정도 예상은 했었다. 아내가 특히 최근 있었던 일들을 기억하지 못하는 일이 잦았기 때문이다. 얼마 전에는 병원에 가서 검사를 한번 해보자고 했었다. 하지만 아내는 고개를 절레절레 흔들었다. 절망스러운 상황을 듣게 되는 것이 죽기보다 더 싫다고 했다.

미리 미리 진단을 받아서 약을 먹으면 충분히 나을 수 있다고 설득했지만, 요지부동이었다. 자신이 앓고 있는 병의 절박한 상황이, 특히 자신의 여생이, 살아있을 수 있는 기간이 확

정되는 것이 너무나 싫다고 했다.

아내는 자신이 이미 그런 환자가 돼가고 있다는 것을 확신하면서도 그 사실을 받아들이려 하지 않았다.

"그래서 말인데요. 저를 오빠가 죽여주세요. 오빠의 품속에서 죽고 싶어요."

"아니 갑자기 무슨 말을 하는 거야? 죽여 달라니? 나를 살인자로 만들겠다는 거야?"

"미안해요. 정말로 미안해요. 오빠를 살인자로 만들고 싶지는 않아요. 하지만 오빠의 손으로 죽고 싶어요."

"왜 갑자기 그런 말을 해. 조금 있으면 좋아질 거야. 걱정하지마."

"아니에요. 오빠 품속에서 죽고 싶어요. 내가 오빠를 완전히 알아보지 못하는 그 시점에 나를 꼭 죽여주세요."

"아니 왜 그래? 왜 그렇게 약한 말을 하는 거야?"

"부탁해요. 제발 저를 오빠 손으로 꼭 죽여주세요."

"…."

"오빠 손으로…. 오빠 손으로 직접 저를…."

"…."

"나에게는 힘이 없기에, 오빠의 손을, 오빠의 힘을 잠시 빌리는 것 뿐이에요. 결국 내가 나를 죽이는 거죠. 그러니까 아파하지도, 죄책감을 갖지도 말아주세요."

"…."

"그건 내가 나를 죽이는 것이니까요. 오빠가 나를 죽이는 것이 아니라 내가 나를 죽이는 거니까요."

아내의 눈에서 눈물이 쏟아졌다. 그리고 온몸을 부르르 떨었다. 왼손으로 쥐고 있던 소주잔이 아래로 떨어졌다. 아내는 흐르는 눈물을 한 손으로 닦아내면서 나를 응시했다. 그 눈빛은 간절했다. 내가 아내를 만나고 난 뒤 처음 본 눈빛이었다.

'이 세상에 믿을 수 있는 사람은 오빠뿐이야'

그 눈빛에는 그런 애절함이 담겨 있었다. 거절할 수가 없는 상황이었다.

"그래 알았어."

"…"

"내 손으로 꼭 죽일게. 그래, 내 손으로…."

7월 20일

오빠, 미안해요. 오빠를 살인자로 만들 수는 없어요. 오늘, 오늘 내가 한 그 말, 내가 했다는 그 말, 나를 죽여달라는 그 말, 그건 내 진심이 아니었어요. 그러니 잊어주세요. 제발 잊어주세요.

이젠 나를 못 믿겠어요. 더 이상 나를 믿을 수가 없어요. 앞으로 내가 또 오빠에게 그런 말을 할지도 모르겠어요. 그런 부탁을 다시 할지도 모르겠어요. 그때도, 그런 부탁을 다시 할 그때도 그건 내 진심이 아니에요.

내 안에 있는 나도 모르는 나. 내가 모르는 나. 내가 존재를 파악할 수 없는 나, 그 정체불명의 내가 낸 목소리일 거예요. 그러니, 그 목소리는 그냥 흘려보내세요. 오빠를 살인자로 만들 수는 없어요.

어쩌면, 이게 나의, 온전한 나의 마지막 부탁이 될지도 모르겠어요. 내가 아는 나. 내가 내 의지로 통제할 수 있는 나. 우리가 젊었던 그 시절, 오빠가 처음 봤던 나. 처음 본 그날부터 기억해온 나. 그런 온전한 나. 내가 오빠에게 하는 마지막 부탁일지도 모르겠어요.

오늘 내가 했다는 그 말은 모두 잊어주세요.

7월 31일 아들아 한 번 다녀가거라

"승수야 가족들 데리고 한 번 집에 좀 다녀갔으면 좋겠구나."

아직 한국에 있는 승수에게 전화를 걸었다.

"아, 예. 돈은 어떻게 구하셨나요?"

승수는 대뜸 돈 얘기부터 꺼냈다.

"아니다. 돈은 아직 못 구했구나. 그냥 한 번 다녀가 줬으면 좋겠다. 부탁한다. 엄마 건강도 갈수록 안 좋아지고…."

"…"

'엄마'라는 말에 승수의 말문이 막힌 것 같았다.

'마지막으로 한 번 봤으면 좋겠구나. 다 같이 모여서 어디 좋은 데라도 한 번 갔다 왔으면 하는구나.'

머리에서는 그런 말이 맴돌았지만, 입은 따로 움직였다.

'마지막'이라는 말은 끝내 내 입에서 나오지 않았다.

"요즘 엄마가 너를 자주 찾는구나."

"…."

"한 번 다녀가거라."

"그래요. 곧 갈게요."

8월 6일 꽃밭에서, 가족 소풍

아내가 또 승수를 알아보지 못한다면….

그게 걱정이었다. 어쩌면 마지막이 될지도 모르는 가족소풍에서 아내가 승수를 알아보지 못하는 것은 최악의 상황이었다. 억지로 마련한 가족소풍의 의미가 없어지기 때문이었다.

손녀 아이에게는 할머니, 할아버지와 즐거운 시간을 가질 수 있는 기회를 만들어주고 싶었다. 너무 어려서 기억하지 못하겠지만.

며느리에게는, 어쩌면 마지막이 될지도 모를 시어머니와의 경험을 갖게 하고 싶었다.

하지만 그것보다 더 중요한 것은 아내가 정말로 따스한 시간을 갖도록 하는 것이었다.

모든 것을 잊고, 아들과 며느리 손녀와 함께 즐거운 시간을 가질 수 있도록 하고 싶었다.

다행히 날은 좋았다. 하지만 아내는 아무것도 모르는 것 같았다.

"오늘 승수 애들이랑 놀러가니까 예쁘게 화장해."

"네? 누구랑 어디를 간다고요?"

어제 담요를 머리맡에 곱게 접어놓던 아내와는 전혀 딴판이었다. 당황스러웠다. 하지만, 물릴 수가 없었다.

"안녕하세요?"

그때 승수와 며느리, 손녀가 한꺼번에 들어왔다. 아들 식구들은 무덤덤한 표정이었다. 다행히 승수는 그 전보다 표정이 좀 밝아 보였다. 처음 제안을 했을 때 승수는 가족소풍을 썩 반기는 표정은 아니었다.

아내는 승수와 가족을 알아보지 못하는 것 같았다. 승수 가족을 전혀 반기지 않았다.

'차차 알아보겠지…'

차에 트렁크에 담요와 먹을 것을 실었다. 며느리가 챙겨온 과일과 음료수 등도 함께 실었다.

차는 다섯 식구로 꽉 찼다. 아내는 여전히 뭐가 뭔지 모르겠다는 표정이었다. 이렇게 어색한 동행은 그렇게 시작됐다.

"어디로 가려고요?"

승수가 물었다.

"가보면 알아."

외곽으로 빠져나가는 길은 2차선 도로였다.

그곳은 예전과 별로 달라진 것은 없었다.

"여기야."

"여기가 어딘데요? 저는 처음 와보는 것 같은데…."

승수가 처음 와본다고 했다.

"승수야 여기 기억 안 나니? 저기서 엄마랑 라면도 끓여먹고, 저기서는 낚시도 했잖아."

그때 나선 것은 아내였다.

승수가 어렸을 때 가끔씩 오던 그곳이 생각나는 듯했다.

아내의 얼굴에 갑자기 생기가 돌았다.

"그래, 맞아. 승수 너는 저기서 똥도 눴잖아."

승수가 멍하니 이야기를 듣고 있었다.

"아 맞아. 이 담요"

차에서 꺼내 간 담요를 돗자리 위에 펼치고 있는 나를 보고 아내가 달려들었다.

"여기 좀 봐 여기. 여기 똥도 묻어 있잖아."

아내는 그 옛날 난로 집게로 누렇게 타 들어간 곳을 가리켰다.

"아니 오빠, 하얀색 홑이불은 왜 안 가져왔어요. 그걸 이 위에 깔아야지요. 그래야 애들을 눕히죠. 이대로는 안 돼요. 깔깔해서요. 빨리 하얀색…"

아내는 돗자리 위에 깔린 담요를 보더니 갑자기 소리를 질러댔다. 그랬다. 흰색 홑이불이 필요했다. 하지만, 나는 거기까지는 생각하지 못했다.

"빨리 가져와요."

아내가 소리를 지르자 손녀가 며느리의 품으로 파고들었다. 할머니가 무섭다는 표정이었다.

승수는 이 모든 광경을 물끄러미 바라보고 있었다. 승수는 자기 엄마에게서 이상이 생겼다는 말을 처음 들었을 때도 그런 반응이었다.

"그래 알았어. 내가 금방 구해올게."

나는 가족들에게 잠깐만 기다리라고 하고, 오면서 봐뒀던 대형마트로 가서 하얀색 홑이불을 하나 샀다. 그것만은 꼭 구해줘야 한다는 생각이 들었다.

하얀색 홑이불을 본 아내는 무척 좋아했다.

"맞아요. 이거예요."

아내는 능숙한 솜씨로 돗자리 위에 홑이불을 깔았다. 홑이불이 담요 밖으로는 절대로 나가지 않게 이곳저곳 살폈다.

"아가야, 이리 좀 와 봐."

하지만, 손녀 아이는 자기 엄마의 품속으로 파고들 뿐이었다. 할머니가 무섭다는 표정이었다.

"엄마, 제가 누워보면 안 돼?"

승수였다. 승수가 하얀 홑이불 위에 털썩 앉았다. 승수의 눈에서 눈물이 비쳤다. 손녀는 여전히 제 엄마를 껴안고 있었다.

"그래, 우리 승수구나. 여기 한 번 누워볼래?"

아내는 어느덧 승수와 대화를 나누기 시작했다. 승수를 알아보게 된 것일까?

"네."

"우리 승수 착하지. 우리 승수 착해. 내가 벌레 오나 볼 테니까 푹 자. 자고 나서 엄마 젖 먹어야지."

순한 양처럼 변한 승수가 홑이불 위에 누웠다. 따로 덮을 것이 없었지만, 따스해 보였다. 볕이 좋았기 때문이다.

"네, 엄마"

승수는 자는 척하고 있었다. 그동안 나는 며느리가 준비해 온 음식을 돗자리 위에 펼쳐 놨다.

아내가 좋아하는 딸기가 2팩이나 있었다. 승수도 엄마가 딸기를 좋아한다는 사실을 알고 있었던 모양이다.

"승수가 사온 거야. 한 번 먹어봐."

아내는 딸기를 잡아채듯 가져다가 입에 넣었다.

"너무 맛있어요. 승수야 너도 일어나서 빨리 딸기 먹어."

아내는 자는 척 누워있는 승수를 깨웠다.

"네."

승수가 일어나서 딸기를 한 입 베문 순간,

"승수야 너 노래 한 곡 해봐. 너 노래 잘하잖아."

그랬다. 승수는 어려서부터 노래를 잘했다. 가끔씩 이렇게 밖으로 나오면 승수는 가족들을 위해 이런저런 동요를 불러주곤 했다.

"네, 한 곡 부를게요."

"아빠하고 나하고 만든 꽃밭에
채송화도 봉숭화도 한창입니다
아빠가 매어놓은 새끼줄 따라
나팔꽃도 어울리게 피었습니다

애들하고 재미있게 뛰어 놀다가
아빠 생각나서 꽃을 봅니다
아빠는 꽃을 보며 살자 그랬죠
날 보고 꽃같이 살자 그랬죠."

〈꽃밭에서〉.

승수가 부른 이 노래는 아내가 가장 좋아하는 노래였다. 승수는 늘 봉숭아를 봉숭화라고 불렀다.

"오빠가 승수와 재미있게 지내는 모습이 떠올라서 좋아요."

아내는 이 노래를 들을 때마다 그렇게 말하곤 했었다.

"승수야, 한 번만 더"

"승수야, 한 번만 더"

몇 번을 들었을까. 내 어깨에 기대 있던 아내는 스르르 잠이 들었다. 아내는 승수와 손녀의 손을 잡은 채 오래도록 잠을 잤다.

8월 10일 병원에는 죽어도 안 가요

그게 언제부터였던가?

우리는 늘 손을 잡고 잤다. '잘 자~'하는 인사를 하면서 아내는 자신의 오른손을 내게 내밀었고, 나는 그 손을 왼손으로 받아 쥐었다. 그래야만 잠이 왔다. 손이 텅 비어있는 상태에서는 좀처럼 잠이 오지 않았다. 어디 출장이라도 가서 혼자 잠을 잘 때는 허전한 오른손 때문에 뒤척이고는 했다.

"죽을 때까지 이 손 잡아줄 거죠?"

"그럼, 물론이지."

아내는 이 말을 들어야만 잠에 빠져들었다. 아내는 특히 나의 손길을 원했다. 아내는 나의 손길이 없는 상황에서 잠자리에 드는 것을 두려워하곤 했다. 내가 출장에라도 가 있는 날에는 잠자리에 들기 전에 반드시 전화를 해오기도 했다.

나는 아내가 진정이 될 때까지 통화를 하곤 했다.

그만큼 아내는 약했고 의존적이었다. 신체적으로도 약했지만, 정신적으로 더욱 그랬다.

아내는 어릴 적부터 친구가 적었다. 내성적이고 신중한 성격인 아내는 사람을 늘 가려서 만났다. 상대가 마음을 완전히 열기 전까지는 좀처럼 자신의 마음을 열지 않았다. 심리적으로 완전히 의지할 수 있는 사람이 많지 않았다. 장인어른과 장모님은 그런 아내를 늘 걱정했다.

"자네, 우리 유진이를 울려서는 절대로 안 되네. 애가 착하지만 너무 여려. 자네, 유진이에게 불행해지는 일이 있다면 내가 용서하지 않겠네."

결혼을 앞두고 장인어른이 나에게 한 말이다. 나는 지금도 그 말을 잊지 못한다. 당시는 어떤 압력 같은 느낌으로 다가왔지만, 아내와 함께 살아가면서 그건 장인어른의 딸에 대한 진심 어린 걱정에서 나온 말이라는 것을 알게 됐다.

아내는 태생적으로 겁이 많았다. 곁에서 누군가가 챙겨주지 않으면 정상적인 생활을 할 수가 없을 정도로 약했다. 특히 많은 사람이 있는 곳을 싫어했고, 자신을 주목하는 눈길을 두려워했다. 아내는 병원에 갈 때도 반드시 나와 동행해야만 했다.

아내가 병원에 절대로 입원할 수 없다고 한 것도 그런 성격 탓일 것이다. 아내는 수많은 환자들 사이에 자신이 포함돼 있는 상황을 받아들일 수 없는 것 같았다. 특히 가족이 아닌 타인이 자신을 간호하는 상황을 절대로 받아들일 수 없다고 했다.

"죽으면 죽었지, 병원으로는 안 들어갈 거야."

병원 입원 이야기만 나오면 아내는 그렇게 반응했다. 요즘 들어 병원에 가는 횟수가 늘어나자 아내는 자신이 병원에 입원해야 하는 것은 아닌지, 누군가가 자신을 병원에 입원시키는 것은 아닌지 의심하곤 했다.

'그래, 함께 죽자.'

내 결론은 그랬다. 아내는 나에게 자신을 죽여 달라고 했지만, 나는 아내를 죽이고 나만 살아날 수는 없다고 생각했다. 방법은 한 가지뿐이었다. 함께 죽는 것.

'함께 죽는다?'

이 말을 머릿속에 떠올리는 순간 든 생각은 '죽이는 행위'였다.

아내는 곤충 하나를 죽이지 못하는 성격이다. 그런 아내가 나를 죽일 수는 없다. 아내가 나를 먼저 죽이고 스스로 목숨을 끊는다는 것은 불가능하다. 아내와 내가 동시에 목숨을 끊는 것도 생각을 해봤다. 하지만, 그건 불가능하다. 아내는 타인은 물론 자신의 목숨도 끊을 수 없는 사람이다. 자신의 목숨을 끊으려 해도 용기가 필요하다. 아내에게서 그 정도의 용기를 기대하는 것은 무리다.

결국, 내가 두 사람을 죽이는 수밖에 없다. 아내를 먼저 죽이고, 그다음에 나를 죽이는 것 이외에 다른 방법은 없었다.

'그래, 아내를 내가 죽이자. 아내가 가장 편안하게 죽을 수 있는 방법을 찾아보자.'

결심이 섰다. 아내의 죽음을 다른 사람에게 맡길 수는 없다. 아내가 고통 속에서 죽음을 맞이하게 할 수는 없다.

아내가 가장 행복하게 죽을 수 있는 곳, 아내가 가장 행복하게 죽을 수 있는 방법. 그것을 찾아보자.

아내의 작고 고운 손이 떠올랐다. 아내가 내 손을 잡고 있는 상태에서 죽음을 맞이할 수 있도록 하는 것이 가장 좋을 것이라는 생각을 했다.

그래 아내가 먼저 죽고, 그 다음에….

그렇다면, 언제가 좋을까? 앞으로 많은 시간이 남아있는 것은 아니다. 덮어놓고 시간을 보낼 수는 없는 노릇이다.

자존심이 센 아내는 체면을 유난히 중시했다. 다른 사람들이 있는 곳에서 얼굴 화장이나 옷차림이 흐트러지는 것을 단 한 차례도 본 적이 없다.

아내에게, 사람의 얼굴도 알아볼 수 없는 자신의 처지를 사람들에게 보여주는 것, 그것은 죽는 것보다 더 싫은 상황임이 분명하다.

'그런 상황만은 피해주리다.'

그렇다면, 그날은 언제가 좋을까? 아내가 나를 몰라보는 그날, 나를 완벽하게 몰라보는 그날. 그렇다. 그날을 D데이로 잡는 것이 좋을 것 같다. 아내가 나를 알아보지 못한다는 것은, 아내가 더 이상 자신을 관리해 갈 수 없다는 것을 의미하는 것이다.

'그래 당신이 나를 나와의 추억을 기억하지 못하는 그날, 우리는 함께 떠나는 거야.'

8월 15일 캠핑카 타고 제주도 가고 싶어요

"해남 땅끝마을에 가보고 싶어요. 목포 유달산도 가보고 싶고…."

"알았어, 거기 말고 가보고 싶은 곳은 다 말해봐."

"가보고 싶은 곳이야 많지. 제주도도 가보고 싶고, 강릉 커피골목도 가보고 싶고. 전주 한옥마을도 보고 싶고…"

당장은 그런 곳들이 떠오르는 모양이었다.

"지난주 TV에서 봤는데, 정말 멋있었어요. 캠핑카라는 거 비싼가요?"

"응, 그거 비쌀 걸? 중고로 사도 비쌀 거야. 임대라도 한 번 해볼까?"

"그래요. 꼭 한 번 우리 가요. 거기 주방도 있잖아요. 거기에서 오빠 좋아하는 떡국도 끓여 먹고, 내가 좋아하는 피자도 만들어 먹어요."

아내는 오래 전부터 캠핑카를 타보고 싶어 했다. 사람들과 무리 짓는 것을 싫어하는 아내는 늘 나와 단둘이 떠나는 여행을 원했다. 아내는 둘이 떠나는 여행의 정점으로 캠핑카 여행을 생각하는 것 같았다. 요리를 좋아하고, 잘하는 아내는 캠핑카에서 최고로 맛있는 요리를 해주겠다고 말하곤 했다. 하지만, 우리의 생활은 그럴만한 여유가 없었다. 캠핑카는 우리에게 사치였다. 그걸 우리 둘은 알고 있었다. 그래서 우리는 꿈으로 그것을 이야기했다.

"언젠가 한 번 가자."

오래전에 한 그 약속을 나는 잊고 있었지만, 아내는 요즘 캠핑카 이야기를 자주 꺼냈다.

캠핑카 가격은 만만치 않았다. 하지만, 이리저리 궁리를 한다면 중고차 한 대 정도는 어떻게 마련할 수 있을 것 같았다.

따지고 보면, 우리가 지금 이렇게나마 살아갈 수 있는 것은 모두 아내 덕분이다. 그토록 빠듯한 생활을 이어오면서도, 아내는 보험과 적금을 몇 개 들어놨었고, 그 덕분에 다달이 드는 병원비와 생활비를 댈 수 있게 됐다.

그렇다. 지금의 아내는 내가 아니라 아내 스스로가 지켜가고 있는 것이다.

내일은 중고자동차 매장을 한 번 다녀와야지….

8월 20일 첫 캠핑카 여행

"이게 뭔지 알아?"

아내의 두 눈을 손으로 가리고 주차장으로 나왔다. 주차장 구석에 서 있는 캠핑카 앞에서 가린 손을 놨다.

"우리 차 어디 있어? 우리 차가 아니잖아?"

아내는 울상이 됐다. 평상시 타던 차가 아니었기 때문인 듯했다.

"응, 그 차는 저기 있잖아. 이 차도 이제 우리 차야."

아내는 자신이 꼭 한번 타보고 싶다던 캠핑카가 눈앞에 있다는 사실을 실감하지 못하는 듯했다. 아니, 캠핑카를 타고 싶어 했다는 사실조차 기억하지 못하는 듯했다.

아내와 함께 차 안으로 들어갔다. 비록 크기는 작았지만, 있을 건 다 있는 차내 구조가 마음에 들었다. 내가 이런 차를 몰아볼 수 있다는 것 자체가 행복일지도 모른다는 생각도 했다.

내가 침대에 올라 옆에 한 번 누워보라고 이야기하자, 아내는 침대에 엉덩이를 걸치고 엉거주춤 앉았다. 아직도 상황파악이 안 되는 모양이었다.

"아니 그럼 우리가 이제 여기에서 살게 된다는 거예요? 그럼 우리 집은 어쩌고요?"

아내는 갑자기 불안해하는 표정을 지어 보였다. 앞으로 캠핑카에서 생활을 해야 할지도 모른다는 생각을 한 모양이었다.

"아니야 우리 집은 잘 있어. 걱정 마. 언젠가 당신이 이야기했잖아. 캠핑카로 전국 한번 돌아보고 싶다고…."

그때 아내는 '소변이 마렵다'고 하면서, 차 안에 있는 요강에 오줌을 눴다.

"어, 우리 집에도 요강이 있는데 여기도 있네. 이거 너무 편해서 좋아요."

요강을 본 아내가 갑자기 반가운 표정을 지었다. 그러면서 얼굴에 드리워져 있던 두려운 표정이 사라졌다. 아마도 요강이 아내를 심리적으로 편안한 상태로 이끌었는지도 모르겠다는 생각이 들었다.

요강은 차를 장만한 뒤 바로 내가 구입해 비치했다.

아내를 꼭 안아 침대에 눕혔다. 그리고 그 옆에 내가 누웠다. 천장이 낮아 조금 답답한 느낌이 들었지만, 분위기는 더욱 안온해졌다.

"어때 좋아?"

"뭐가요?"

"가끔 얘기했잖아. 캠핑카로 전국일주 한 번 해보고 싶다고."

"아, 기억나요. 지난번에 TV 보면서 얘기했죠? 그때는 너무 타보고 싶다는 생각이 들었었는데…."

아내의 기억이 조금씩 돌아오고 있는 것 같았다.

아내와 나는 천장을 똑바로 보면서 누웠다. 나는 아내의 손을 잡았다.

"우리 한 번 떠나려고 해. 어디든 다녀오자구. 그동안 가고 싶었는데 못 간 곳으로."

"…"

아내는 아무런 대꾸도 하지 않았다. 차 안에는 적막이 흘렀다. 방금 아내가 오줌을 눈 요강에서 오줌 냄새가 났다. 익숙한 냄새였다. 그 냄새는 우리가 있는 공간을 집 안방과 같은 분위기로 만들어줬다.

아내가 고개를 반대쪽으로 돌렸다.

"왜 그래? 나를 봐."

아내는 울고 있었다. 어깨가 들썩거렸다. 한 손으로 눈물을 훔치는 것 같았다.

"아니에요. 아무것도 아니에요." 나는 더는 말을 하지 못한 채 작은 창문에 있는 커튼을 걷어 올렸다. 밝은 빛이 차 안으로 쏟아졌다.

"너무 고마워서 그래요. 또렷하게 기억이 나요. 내가 캠핑카를 꼭 타고 싶다고 오빠에게 말한 거…. 우리 형편에 꿈만 같은 얘기라서 나도 잊고 있었는데…."

아내가 내 품을 파고들었다.

"고마워요. 고마워요."

아내는 완전히 기억을 되찾은 듯했다. 내 가슴에 매달린 아내가 팔에 힘을 줬다. 따스한 감촉이 가슴을 타고 전해왔다.

아내는 그랬다. 기분이 좋고, 감동적인 일이 있으면 내 품을 파고 들었다.

오랜만에 전해온 아내의 가슴은 부드럽고 포근했다. 아내는 얼마전부터 브레지어를 차지 않겠다고 했다. 가슴이 답답하다면서. 브레지어가 없는 아내의 가슴은 얕게 출렁였다. 아담한 가슴이 한 손에 들어왔다. 따스했다.

"꼭 가보고 싶은 곳이 있어요."

"그게 어딘데? 지구 끝이라도 갈 테니까 말해봐."

"기억나요? 우리가 고등학교 때 만나서 처음 간 곳?"

"그럼 기억나지. 동학사, 아니 계룡산 아니야?"

"맞아요."

"거기에 가고 싶어요."

"그래 꼭 가자. 거기 다녀오자"

"…."

아내는 어느새 잠이 들었다. 내 손 안에, 내 품 안에는 여전히 아내가 들어있었다. 아내의 가슴에서 따스한 온기가 전해졌다. 든든했다.

아내는 오후 늦게서야 잠에서 깨어났다. 우리의 첫 캠핑카 여행은 주차장에서 끝이 났지만, 행복했다.

그래, 앞으로 마음껏 돌아다니자. 그리고 다음에는 꼭 동학사에 도 다녀오자.

8월 26일 그래 우리는 24시간 함께 있는 거야

"승수 아빠, 무서워요."

슈퍼마켓에 다녀온다던 아내가 황급히 뛰어들면서 내 품에 안겼다.

"왜 그래?

"있잖아요. 슈퍼 아저씨가 저를 잡아가려고 했어요."

"그래, 왜 그랬어, 그 아저씨가."

그때 슈퍼마켓 주인이 나타났다.

"아니 아주머니 물건을 사갔으면 돈을 내셔야지요. 그냥 가는 법이 어디 있어요?"

자세한 설명을 듣지 않아도 사태는 짐작이 갔다. 아내가 물건을 사고 돈을 내지 않은 것 같았다. 돈을 내지 않은 아내를 슈퍼 주인이 잡으려고 하자 아내가 집으로 도망친 것이 틀림없었다.

아내는 내 등 뒤에 서서 슈퍼마켓 주인의 동향을 살피고 있었다.

"아 죄송합니다. 요즘 아내가 몸 상태가 좋지 않아서 깜빡한 것 같습니다. 정말 죄송합니다."

슈퍼마켓 주인은 돈을 받아가면서도 뭔가 꺼림직하다는 표정을 거두지 않았다.

아내는 슈퍼마켓 주인이 돌아가자, 안도의 한숨을 내쉬면서 내 품에 안겼다.

"무서웠어요. 저를 도둑놈 취급하잖아요."

그때도 그랬다. 그러니까, 대학에 다니던 시절, 추석이었다. 내가 학교 일정 때문에 추석날 대전에 내려가지 못하게 되면서 문제가 생겼다.

"내가 서울로 갈게요."

아내는 학보 사이에 넣어 보낸 편지를 통해 그렇게 전했다. 여름방학이 끝난 뒤 한 번도 만나지 못한 상황이었기에 나도 그렇게 하라고 했다. 나는 아내가 알려준 도착 예정시간에 맞춰 서울역으로 나갔다.

추석 명절 연휴가 끝나기 이틀 전이었다. 서울역은 무척 붐볐다. 지방으로 내려갔던 귀성객들이 본격적으로 귀경길에 오르기 시작한 날이었기 때문이다.

편지에 적힌 도착 예정 시간은 분명히 오후 3시쯤이었는데, 4시30분이 돼도 아내는 모습을 보이지 않았다.

그때였다.

"오빠…."

갑자기 나타난 아내는 말을 제대로 잇지 못했다. 얼굴을 자세히 보니 울고 있었다.

"아니 왜 그래? 무슨 일 있었어?"

"무서워서 혼났어요. 제가 범죄를 저질렀대요."

전후 사정은 이랬다. 아내는 편지에 서울에 가겠다고 했지만, 표를 구하지 못했다. 그래서 무작정 대전역으로 나갔다가, 암표상들이 미리 확보해놓은 암표를 2배 비싼 가격에 산 것이었다.

문제는 그 뒤에 발생했다. 암표 단속에 나선 철도경찰이 아내가 암표상으로부터 암표를 사는 장면을 포착해 현장에서 단속한 것이었다.

당시 경찰은 암표상은 물론 암표를 산 사람도 처벌을 해야 한다면서 암표를 사게 된 경위를 상세하게 조사했다. 이런 일을 처음 당한 아내는 크게 당황에 현장에서 엉엉 울기까지 했다.

조사를 마친 아내는 무슨 일이 있어도 서울역에 가야 하며, 서울역에는 사람이 기다리고 있다고 통사정했고, 철도경찰이 서울역 측에 얘기해 반환된 표를 구해줘 겨우 서울역에 오게 된 것이었다.

그때도 아내는 나를 보자마자 내 품으로 달려들었다.

"무서웠어요."

"…."

"저 혼자서는 못 살겠어요."

아내는 그런 사람이었다. 아내는 늘 다른 사람에게 친절하고 공손했다. 누군가와 마찰을 빚어본 적도 없었다. 타인이 아내를 공격하거나 목소리를 높일 일 자체가 없었다. 그래서 아내는 누가 자신을 공격해오는 상황을 아주 무서워했다.

"언제나 함께 있어줘요."

"그럼, 늘 같이 있을게."

이제 아내는 정말로 혼자서는 아무것도 할 수 없는 상황이 되어가고 있다. 늘, 24시간 내가 함께 있지 않으면 아내는 무너질지도 모른다.

이제부터 우리는 언제나 함께 있는 거야.

함께

언제나

늘

8월 27일 우리 아내가 예쁜 기저귀를 찼어요

"이쁜데, 너무 이뻐…."

정말로 예뻤다. 예전부터, 그러니까 우리가 고등학교에 다닐 때부터 아내의 엉덩이는 예뻤다. 작지도, 크지도 않은 아내의 엉덩이는 허리 쪽으로 바짝 올라붙어 있었다.

지난번 스가모에 갈 때도 그랬는데 이번에도 아내는 기저귀에 별다른 반응을 보이지 않았다.

아내의 상태는 심각했다. 언제부턴가 아내는 소변을 참지 못했다. 속옷에 소변을 보는 바람에 곤란을 겪는 경우가 한두 번이 아니었다. 그때마다 아내는 당혹스러워하는 표정을 지어 보였다. 어떤 때는 오줌 싼 사실을 숨기기도 했다. 본능적으로 감추고 싶어 하는 눈치였다.

그래서 구입한 것이 기저귀였다.

"바지를 입어도 겉에서 별로 표시가 나지 않아요."

매장 직원이 가장 맵시가 난다고 소개한 것으로 골랐다.

"한 번 입어봐."

"…."

아내는 별다른 반응을 하지 않더니, 기저귀를 들고 화장실로 들어가려고 했다.

"아니야, 내가 입혀줄게."

언제부턴가 아내는 옷을 입는데도 어려움을 겪기 시작했다. 속옷의 앞과 뒤를 바꿔 입는 경우가 특히 많았다. 어떤 때는 팬티를 입지 않는 경우도 있었다.

"나도 입을 수 있는데… ."

그렇게 말하면서도 아내는 내 말을 따랐다. 아내의 옷을 벗겼다. 예전에 비해 한결 가늘어진 다리가 드러났다. 마음이 저렸다. 엉덩이는 예전이나 마찬가지로 바짝 올라붙어 있었다. 여전히 예뻤다. 엉덩이 한가운데의 살은 눌려있었고, 색도 짙은 밤색으로 변해 있었다.

"아휴 우리 마누라, 그 예쁘던 엉덩이가 많이 상했네…."

하루 종일 앉아서 지내는 경우가 많기 때문에 생긴 흔적이리라. 가슴이 짠했다. 엉덩이를 쓰다듬었다. 옛날에 비해 탄력이 많이 줄어든 느낌이었다. 지난 세월, 삶의 흔적이 거기에 켜켜이 쌓여 있다는 생각도 들었다.

기저귀를 입혔다. 기저귀는 아내의 엉덩이에 딱 맞았다. 기저귀를 찬 아내의 엉덩이는 여전히 예뻤다. 생각해보니, 내가 누군가의 기저귀를 채워준 것은 거의 처음인 것 같았다. 승수가 클 때, 나는 늘 육아에서 빗겨나 있었다. 승수의 기저귀를 갈아본 기억이 없다. 한두 번은 어쩔 수 없이 채워준 적도 있었겠지만, 기억도 나지 않았다.

'그래, 앞으로 매일 기저귀를 갈아줄게.'

그렇게 생각하면서 기저귀 위로 바지를 입혔다. 바지는 생각보다 쉽게 입혀졌다. 아마 아내가 요즘 살이 빠진 탓이리라. 엉덩이 아래로 기저귀 자국이 조금 보이기는 했지만, 외관상 크게 민망한 정도는 아니었다. 아내는 쑥스러워했다. 요즘 들어 말수가 부쩍 줄어든 아내는 어떤 일에 대해 별로 반응을 하지 않았다.

기저귀를 차는 동안 아내는 무척 쑥스러워했지만, 한편으로 만족해하는 표정을 지어 보이기도 했다.

"여러 번 눠도 되는 거야?"

"응 걱정하지 마. 내가 잘 봐서 갈아줄 테니까."

아내 표정이 새 기저귀를 갈아 찬 아이처럼 한없이 환하게 변했다.

8월 30일 폐교, 그리고 자전거

"오늘 몸 어때? 조금 먼 곳에 다녀오려고 하는데."

"아니 어디를 가려고 그래요. 날도 추운데."

요즘 아내가 부쩍 추위를 탔다. 늦여름 더위가 여전한 날씨였지만, 아내는 자주 춥다고 했다. 방에서 잘 나오지 않는 경우도 있다.

그래서 생각했다. 몸을 좀 움직여보는 것은 어떨까?

그때 자전거가 떠올랐다.

'그럼 자전거를 타볼까? 우리 둘이 마음 놓고 자전거를 탈 수 있는 곳은 없을까?'

그 옛날, 코스모스가 가득 핀 도로를 자전거로 달리는 아내의 모습은 너무나 아름다웠다. 그리고 예뻤다. 그 모습을 꼭 다시 보고 싶었다.

몸이 예전 같지 않은 아내가 마음 놓고 자전거를 탈 수 있는 곳, 그런 아내와 함께 하루 종일 자전거를 타도 사람들에게 폐가 되지 않는 곳, 그런 곳은 없을까?

생각에 생각을 이어가던 끝에 폐교 운동장이라면 그럴 수 있겠다는데 생각이 미쳤다. 요즘 시골에 가면 문을 닫은 학교가 많다고 하지 않던가?

인터넷을 뒤져 자전거 타기에 딱 좋은 폐교를 하나 찾아냈다. 가능한 한 운동장이 넓으면서 주변에 풀과 나무가 많은 곳이라면 더 좋겠다는 생각을 했다.

그 폐교는 지리산 자락에 있었다. 학교까지 가는 길이 울창한 가로수길이라는 사실이 마음에 들었다. 그리고 지금은 학교 시설을 활용할 방안을 찾지 못해 방치되고 있다는 사실도 확인했다.

그래 한 번 다녀오자!

미리 준비해 놨던 자전거 2대를 캠핑카에 실었다. 자전거는 차에 쉽게 실었다 내렸다 할 수 있는 접이식으로 준비를 해놨었다.

"아니 이게 무슨 자전거예요? 이걸 누가 타요. 우리 집에 애가 있나요?"

접이식 자전거를 본 아내가 큰 관심을 보였다. 바퀴가 보통 자전거의 절반에 불과한 접이식 자전거를 보고 어린이용 자전거라고 생각을 한 모양이었다.

"이거 우리가 탈 자전거야. 우리도 충분히 탈 수 있어."

"오빠, 정신이 있으세요. 이걸 어떻게 타요. 바퀴가 이렇게 작은데…. 지금 절 놀리시는 거예요?"

아내가 갑자기 화를 냈다. 어린이용 자전거라는 확신이 아내를 화나게 한 모양이었다.

요즘 아내는 자주 화를 낸다. 사소한 일에도 화를 내거나 삐지곤 한다.

'내가 애를 하나 키우는구나.'

그때마다 그런 생각을 한다. 사실 나는 육아에는 아무런 관심이 없었다. 승수를 키우는 동안 모든 육아는 아내가 맡았다. 나도 아내도 그게 당연하다고 생각했는지도 모르겠다.

'나에게 뒤늦게 애가 하나 생겼구나.'

칭얼거리는 아내를 보고 있으니 그런 생각이 들었다.

"우리 집에 애가 한 명 있지. 누굴까?"

"…."

아내는 아무런 대답도 하지 않고 눈만 껌벅거렸다.

그런 아내를 달래서 차에 태웠다. 캠핑카 뒤편에 자전거 2대가 있었지만, 아내는 더 이상 신경을 쓰지 않았다.

어떤 것에 대해 오래 관심을 갖지 못하는 것도 아내에게 생긴 큰 변화 중 하나였다.

캠핑카는 아내에게 마법의 세계였다. 현실 세계와 마법의 세계, 그것을 구분 지어 주는 것은 캠핑카의 뒷문이었다.

아내는 캠핑카에 오르기만 해도 기분이 좋아지곤 했다.

“와 너무 좋다. 오빠 여기로 와 봐요.”

아내는 침대에 드러누워 나를 불렀다.

“나는 운전해야지. 조금만 기다려. 오늘 멋진 곳에 갈 거니까.”

“싫어요. 여기에서 이야기해요.”

아내는 떼를 썼지만 갈 길이 멀었다. 나는 아내를 조수석에 앉히고 차를 몰았다.

“자, 출발.”

“오라이.”

아내가 큰 소리로 호응해 줬다.

고속도로에서 빠져나와 폐교된 학교로 향하는 길은 아담했다. 전형적인 시골길이었다. 2차선 도로 양옆의 논과 밭에는 일을 하는 농부들이 있었다.

“안녕하세요? 건강하시죠? 무슨 일 하시는 거예요?”

아내는 창문을 열고 소리를 질러댔다. 마치 아는 사람이라도 만난 것처럼 좋아했다.

‘오늘 또 애를 데리고 나왔네.’

내비게이션을 따라가던 차가 낯이 익은 건물 쪽으로 다가갔다. 인터넷을 통해 본 그 학교 건물이었다.

건물 외벽의 누런색 페인트는 군데군데 떨어져 나가 있었고, 시계탑의 시계는 멈춘 지 꽤 오래된 듯했다. 그 뒤편으로 학교 운동장이 보였다. 넓은 운동장에는 풀이 듬성듬성 나 있었다. 자전거 타기에는 큰 지장이 없어 보였다.

"와 드디어 왔어. 여기야 바로 여기."

나도 모르게 소리를 질렀다. 하지만, 기쁨은 거기까지였다.

교문이 굳게 잠겨 있었다.

"아이구, 내가 이 생각을 못 했네…."

외부인의 출입이 금지되고 있었다. 이 학교는 교육청에서 활용방안을 찾고 있는 중이라는 얘기를 인터넷에서 본 기억이 났다.

아내는 아무런 말도 하지 않고 조수석에 앉아 있었다. 아내는 내가 이 학교 운동장에서 마음 놓고 자전거를 타려고 한다는 것을 아직 눈치채지 못하고 있었다.

자물쇠를 흔들어봤지만, 꿈쩍도 하지 않았다. 교문 좌우의 담은 넘어가기가 쉽지 않은 상황이었다. 게다가 아내가 담을 넘어가는 것은 불가능해 보였다.

나는 아내를 차에 놔두고 담을 따라 걸어 가봤다.

"그럼 그렇지."

역시 그랬다. 개구멍. 개구멍이 있었다. 나나 아내가 몸을 굽혀 통과하기에는 큰 문제가 없어 보였다. 접이식 자전거를 갖고 들어가는 것도 어려운 일은 아니었다.

"됐어. 가자구."

차 있는 곳으로 돌아간 나는 자전거 2대를 양손에 나눠 들었다. 그리고 아내와 함께 개구멍으로 향했다.

'이게 얼마 만인가?'

고등학교 때 몇 번 있었다. 점심시간에 학교 뒤 튀김집 등에 다녀오기 위해 몰래 개구멍을 드나들던 기억이 있다. 물론 아내와 함께 개구멍을 드나든 적은 없지만.

"여기로 들어가."

"여기로요?"

아내가 내 얼굴을 보면서 뭔가 불안하다는 표정을 지어 보였다.

"괜찮아, 빨리 들어가. 먼저 들어가서 이것 좀 받아줘."

아내는 시키는 대로 개구멍 안으로 먼저 들어가, 내가 전해준 자전거 2대를 받아줬다.

운동장은 생각했던 것보다 훨씬 멋졌다. 운동장은 학교 건물이 있는 곳보다 훨씬 낮은 곳에 위치해 바람 한 점 들어오지 않았다. 운동장 곳곳에 나 있는 풀은 사람의 자취가 사라진 지 오래됐다는 사실을 웅변하고 있었고, 그래서 더 마음이 편했다.

'우리들만의 세계….'

뒤따라 들어간 나는 접이식 자전거를 한 대씩 폈다. 아이 자전거라고 칭얼대던 아내는 아무런 말도 하지 않은 채 운동장 여기저기를 뛰어다니면서 공기를 들이마시고 있었다.

아내의 기분이 점점 좋아지고 있는 것이 느껴졌다. 아내는 사람이 없는 곳을 좋아했다.

"이리 와봐."

아내를 불러 안장을 아내의 다리 길이에 맞춰 고정시켰다.

"자 이제 우리 자전거 타는 거야. 마음껏."

내가 먼저 자전거에 올라 페달을 밟았다. 아내가 뒤이어 자전거에 올라 나를 따랐다.

"와, 너무 좋다."

"응."

아내는 자전거를 꽤 잘 탔다. 하지만, 오래 사용하지 않은 운동장 바닥은 고르지 않았다. 빗물이 만들어낸 작은 골짜기가 군데군데 있었다. 빗물이 휩쓸고 지나간 운동장 모서리에는 작은 돌도 꽤 많이 있었다. 아내에게는 위험할 수도 있다는 생각이 들었다. 그래서 속도를 줄였다.

"왜 그래. 마음껏 달려 봐요."

아내의 얼굴 표정에 활기가 가득했다. 근심은 단 하나도 없는 사람 같았다. 아내는 내가 속도를 줄여도 속도를 줄이지 않았다. 불안했다.

하지만 아내는 좀처럼 멈추지 않았다. 내가 따라가기 어려울 정도로 빨리 내달렸다.

답답한 세상에서 벗어난 자유를 누리기라도 하는 듯, 아내는 미친 듯이 달렸다.

그러면서 그 어떤 때보다 밝게 웃었다.

반대편 운동장을 자전거로 달리는 아내는 역시 아름다웠다.

'코스모스'

하얀색 블라우스가 나풀댔기 때문일까? 그날의 아내는 하얀색 코스모스 같았다.

그 옛날 꾸었던 그 꿈을 이렇게 이루는 것일까? 아내와 함께 하루 종일 자전거를 타고 싶다는.

운동장을 크게 한 바퀴 돈 아내는 내가 먼저 멈춰서 있는 곳으로 왔다. 힘이 좀 부치는 듯했다.

"여기가 조금 아파요. 여기가."

아내가 사타구니 쪽을 가리켰다. 기저귀를 찬 부분이 아픈 모양이었다.

"그래 우리 조금 쉬자."

운동장 한 켠에 있는 플라타나스 나무 아래에 돗자리를 펴고 아내를 앉혔다.

"조금 쉬자. 내가 오늘은 맛있는 걸 싸왔지."

"뭐를 싸왔는데?"

아내에게는 미리 얘기하지 않았지만, 사실은 아내가 아니라 내가 가장 좋아하는 것을 싸왔다.

아내는 요리를 참 잘했다. 가족끼리 어디라도 나갈 때면 아내는 볶은 고추장을 안에 넣은 주먹밥을 싸주곤 했는데, 그 맛이 일품이다. 아내가 해준 요리 중에 가장 맛있는 것을 꼽으라면 나는 당연히 주먹밥을 꼽는다.

나는 아내가 만들어준 그 볶은 고추장 주먹밥의 맛을 하나씩 기억해 내, 오늘 아침 그 맛을 재현했다.

재현했다고는 하지만, 맛에 대한 자신은 없었다. 하지만, 흉내는 냈다. 아내가 하는 그 방식을 최대한 흉내는 냈다. 아침에 주먹밥을 만들면서 본 맛도 꽤 괜찮았다.

"짜잔, 이거야. 한 번 먹어봐."

나는 비닐 랩에 싼 주먹밥을 풀어 아내에게 먹여줬다.

"역시 맛있네. 그래 맞아 주먹밥은 역시 내가 만들어야 맛있지."

아내는 주먹밥을 자신이 만든 것으로 생각하고 있는 것 같

았다. '다행이야.'

나는 다행이라는 생각을 했다. 아내는 자신이 만든 요리에 대한 확신을 갖고 있었다. 맛있다는 확신을 갖고 먹는다면, 내가 만든 것도 맛이 있을 테니까, 오히려 잘된 일이었다.

아내와 나는 주먹밥을 나눠 먹은 뒤 보온통에 싸온 녹차를 한 잔씩 마시고 돗자리에 누웠다.

플라타나스 나무 사이로 작고 파란 하늘이 보였다. 청명했다. 아내가 멍하니 하늘을 보고 있었다. 그 모습이 너무나 한가롭게 보였다.

'이게 얼마 만인가?'

이 세상에서 우리를 간섭하는 것은 아무것도 없다는 안도감이 밀려왔다. 아내의 손을 꼭 잡았다. 아내는 아무 말도 하지 않았다. 아내가 자신의 손을 나에게 맡긴 채 운동장 쪽을 봤다. 자전거 두 대가 앞바퀴를 맞대고 서 있었다. 그 자전거 두 대가 꼭 우리 부부 같다는 생각이 들었다.

아내는 스르르 잠이 들었다. 하루 종일 친구들과 놀다가 들어와 잠에 빠진 어릴 적 승수에게서 이런 모습을 봤던가? 아무런 근심도 없어 보였다.

나는 아내가 잠에서 깨어나지 않도록 미동도 하지 않았다. 아내의 작은 손이 내 손 안에서 꼼지락거렸지만, 여전히 자고 있었다.

아내의 뺨에 입을 맞췄다. 뺨은 따스했다. 나뭇잎 하나가 자전거 위로 뚝 떨어졌다.

우리 둘뿐이었다.

8월31일 아내와 수제비

"수제비가 먹고 싶어요. 바지락과 고소한 애호박이 들어가 있는 수제비요."

아내는 갑자기 수제비가 먹고 싶다고 했다. 그랬다. 따지고 보면 갑자기가 아닌지도 모르겠다. 아내는 언제나 수제비를 좋아했다. 어디 외식이라도 가려고 하면 "수제비 먹으러 가요" 하면서 좋아하곤 했다.

나는 캠핑카의 속도를 낮춰 근처 식당을 찾기 시작했다. 국도를 한참 내달리자 작은 도시가 나타났다. 시내로 들어가자 제법 사람이 붐볐다. 알고 보니 장날이었다. 시간이 늦어 장은 파하는 중이었지만, 그래도 장날 분위기는 제법 났다.

'시장 안에는 수제비 파는 곳이 있을지도 몰라.'

시장 입구에 차를 세우고, 아내와 함께 시장 안쪽으로 들어갔다. 야채나 생선을 파는 좌판은 대부분 철수된 상태였지만, 시장 안의 식당들은 아직도 영업을 하고 있었다.

'감자수제비'

간판이 따로 있는 식당은 아니었지만, 창문에 분명히 그렇게 붙어있었다.

'팥죽, 호박죽, 묵밥, 빈대떡….'

재래시장에나 나와야 먹을 수 있는 메뉴들이 즐비했다. 그 중 하나가 수제비였다.

"와 수제비야, 저기로 가자."

반가워하는 아내의 손을 잡고 문을 열고 식당 안으로 들어갔다. 식당 안은 썰렁했다. 구석 자리에서 남자 손님 세 명이 빈대떡에 막걸리를 먹고 있었지만, 곧 파할 분위기였다.

"수제비 되지요? 수제비 두 개 하고, 떡볶이 하나 주세요."

"아, 수제비요? 수제비 만들려면 시간이 좀 걸리는데…. 곧 문도 닫아야 하고…. 순대랑 떡볶이를 드시면 안 되겠어요?"

"아 그러시군요. 그런데 제 아내가 수제비를 꼭 먹고 싶다고 해서요. 죄송합니다만, 부탁드리겠습니다. 꼭 한 번만 부탁드릴게요."

"네, 하는 수 없지요… ."

주방으로 들어가는 식당 여주인의 얼굴에 불만이 가득해 보였다. 하지만, 어쩔 수 없었다. 아내가 지금 당장 수제비를 꼭 먹고 싶어 하는데….

20분쯤 지나 여주인이 수제비 2개와 떡볶이를 내왔다. 숟가락을 드는 아내의 얼굴이 환해졌다.

"너무 맛있겠어요."

하지만 아내는 수제비 국물을 절반 이상 흘렸다. 요즘 들어

손이 떨리는 증상이 나타난 아내는 젓가락은 물론 숟가락질도 제대로 할 수 없는 상황이었다. 내가 몇 순갈 떠 먹여주기는 했지만, 수제비를 먹는데 시간이 꽤 걸렸다. 그 사이에 구석에서 막걸리를 마시던 사람들도 나갔다. 식당에는 우리 둘밖에 없었다. 그때 남자 한 사람이 식당으로 들어왔다. 식당 여주인과 무슨 이야기를 나누더니 우리가 있는 테이블로 다가왔다.

"좀 빨리 드실 수 없으세요. 저도 문을 닫고 집에 들어가 봐야 하거든요."

좀 전에 있던 여주인은 식당 바닥을 쓸기 시작했다. 노골적으로 빨리 나가라는 얘기였다.

"여보세요. 우리 아내가 지금 식사하고 있잖아요. 밥을 파시는 분들이 식사 중에 청소를 하시면 어떻게 하자는 겁니까?"

나는 소리를 버럭 질렀다. 눈에서 눈물이 왈칵 쏟아졌다.

"아내가 먹을 수 있는 마지막 수제비가 될지도 모른단 말이에요."

식당 주인 부부는 영문을 모르겠다는 듯 우리 부부를 보고 있었고, 아내는 흔들리는 손으로 연신 수제비를 건져 먹고 있었다.

9월 3일 우리 계곡에서 염색했어요

"내 머리가 왜 이렇게 하얗지?"

"내 머리가 왜 이러냐구?"

며칠 전부터 아내가 자꾸 칭얼댔다. 머리 색이 왜 하얗게 변하느냐고 자꾸만 따졌다.

"왜 예쁜데…. 이렇게 뒤로 넘겨서 단정하게 묶어봐, 너무 예쁜데."

"싫어요. 내가 요즘 갑자기 늙는 것 같아서 싫어요. 어제만 해도 까맸는데…."

아내는 자신의 머리가 최근까지도 검었다고 생각하고 있었다. 하지만, 아내의 머리가 하얗게 세기 시작한 지는 꽤 됐다. 40대 중반부터 흰 머리가 자주 보였지만, 아내는 별로 신경을 쓰지 않는 눈치였다. 50대로 접어들어서는 흰머리가 많이 늘었지만, 전혀 신경을 쓰지 않았다.

아내는 대신, 내 머리가 흰색으로 변하는 것을 아주 싫어했다.

"오빠는 늘 청년으로 있어야 해요."

"청년? 아이구 나이가 몇 살인데?"

"아니에요. 청년이에요. 이리 오세요."

아내는 내 머리를 깎고 나서 염색하는 것을 아주 좋아했다. 아내는 정확히 3주에 한 번씩 내 머리를 깎았고, 그때마다 염색을 해줬다.

아내는 결혼한 뒤 얼마 안 돼서 미용학원에 다니며 미용기술을 익혔다. 몇 번 도전한 끝에 미용사 자격도 땄다. 하지만, 아내는 그 미용기술을 이용해 돈을 벌거나 취직을 할 생각은 전혀 없다고 했다.

"가족들 머리는 내가 책임지려고…."

아내는 가족의 머리 깎는 것을 아주 즐거워했다. 승수도 엄마가 머리를 깎아 주는 것을 싫어하지 않았다. 승수가 대학생이 된 뒤에는 유행을 따라가지 못한다면서 미용실을 찾기 시작했지만.

아내는 특히 내 머리를 깎아 주는 것을 좋아했다. 무엇보다 나는 고분고분해서 좋다고 했다. 나는 머리를 깎을 때마다 순한 양이 털을 깎을 때처럼 아내에게 머리를 맡기곤 했다.

아내가 머리를 깎을 때는 아내의 냄새를 맡을 수 있어서 좋았다. 더운 여름에는 아내의 땀 냄새까지 모두 나에게 전해졌다. 그런 게 좋았다.

머리 형태는 전적으로 내가 정했다. 아내는 내가 원하는 머리 형태를 만들기 위해 무던히도 애를 썼다. 가끔은 마네킹을

놓고 연습을 하기도 했다. 나는 머리를 짧게 자르는 것을 좋아했다.

그런 아내가 언제부턴가 내 머리를 염색하자고 했다.

"청년이 흰 머리를 이렇게 휘날리고 다니면 안 돼요."

아내는 머리를 다 깎고 나서 염색을 했다. 거울로 비치는 아내의 모습은 예술가였다.

단 하나의 흰머리도 용납할 수 없다는 듯, 정성스럽게 염색약을 발랐다. 아내가 염색약을 다 바르는 데는 30~40분의 시간이 걸렸다.

"히히, 이렇게 청년을 만들어내는 거지…."

아내는 농담까지 하면서 염색에 몰두하곤 했다. 하지만 아내는 자신의 머리에 대해서는 거의 관심이 없었다. 커트도 1년에 한 번 정도 동네 미용실에서 할 뿐이었다. 염색은 싫다고 했다.

그런 아내가 갑자기 자기 머리가 하얗다고 불평하기 시작했다. 아내는 자신의 머리가 하얗게 변하기 시작한 이후의 시간을 제대로 기억하지 못하는 듯했다.

"알았어. 당신 머리 예쁘게 만들어줄게"

아내를 캠핑카에 태우고, 차에 시동을 걸었다. 행선지는 고등학교 때 소풍 갔던, 그 계곡으로 정했다.

그날, 그러니까 내가 고등학교 3학년이고 아내가 고등학교 2학년이던 그해 소풍날.

내가 다니던 학교와 아내가 다니던 학교가 같은 곳으로 소풍을 가게 됐다는 사실을 미리 알아낸 우리는 양교 학생들이 계곡 백사장에서 북적거리는 틈을 타 몰래 만났다.

"무조건 가자. 저기로. 내가 먼저 갈 테니까 조용히 따라와."

"알았어요."

나는 가본 적이 한 번도 없는 산속 길로 들어갔다. 아내가 따라오는 소리가 들렸다. 누군가, 아니 선생님이 부르는 소리가 들리는 것은 아닐까 긴장을 하고 있었지만, 아무 일도 일어나지 않았다.

고개를 하나 넘어가니까, 작은 연못이 있었고, 그 주변에는 앉아서 쉴 수 있는 공터도 있었다.

"앉아."

"네"

우리는 거기서 많은 얘기를 했다. 연못 아래로 비친 우리 둘의 모습이 참 다정스럽다는 생각을 했다. 내가 연못에 돌을 하나 던지자, '첨벙' 하는 소리가 났다. 나와 아내의 얼굴이 물결에 일렁였다.

누가 먼저랄 것도 없었다. 우리는 그냥 어깨를 기댔다. 서로의 어깨를 기댔다. 아내의 머리카락에서 향긋한 비누냄새가 났다. 그때는 머리 감을 때 대부분 세수비누를 썼다. 우리집 비누와는 다른 향기였다.

'다음에 또 왔으면….'

그렇게 이야기를 나누다 우리는 일어났다. 언덕길에 올라가니 계곡 백사장이 나왔다. 계곡은 여전히 시끄러웠다. 우리가 잠시 어디에 다녀온 것을 아는 사람은 아무도 없었다.

그걸로 끝이었다. 나는 그날 이후 아내의 머리카락과 거기서 나는 그 냄새를 잊을 수가 없었다.

'그래 거기 한 번 다녀오자.'

머리색에 대한 불평을 쏟아놓는 아내를 보면서 그 생각을 했다.

계곡은 변해 있었다. 그 옛날 느낄 수 있던 아련함은 거의 찾을 수가 없었다. 인조목으로 만들어진 싸구려 시설들이 마구 들어서있어 도무지 옛 맛이 나지를 않았다.

백사장 앞에 차를 세워놓고 그 길을 찾았다. 분명하지는 않지만, 인조목으로 만들어진 데크를 따라가면 그때 그곳이 나올 것 같았다.

한 손에는 가방을 들고, 다른 한 손으로는 아내의 손을 잡고 데크를 따라갔다.

"기억 나?"

"뭐가?"

"고등학교 때 소풍 온 곳이잖아."

아내는 별다른 반응이 없었다. 고등학교, 소풍 등의 단어에도 별다른 감흥이 없어 보였다.

아내를 데리고 길을 더 가자, 그때 그 언덕이 나왔다. 분명했다.

언덕길을 넘어가자, 그때 그 연못도 나왔다. 하지만, 연못 주변에는 또 싸구려 데크와 벤치가 설치돼 있었다. 예전의 그 맛이 나지는 않았지만, 사람이 없어서 그나마 다행이었다.

'연못을 보면 기억을 되살릴까?'

그런 기대를 했지만, 아내는 연못을 보고도 별다른 반응을 보이지 않았다. 기억을 떠올릴 것이라는 기대가 무너져서 아쉬웠지만, 어쩔 수 없었다.

아내를 연못 옆에 있는 벤치에 앉게 하고 목에 빨간색 보자기를 둘렀다. 그리고 염색약을 꺼냈다.

"오늘은 내가 염색해줄게!"

아내의 눈이 휘둥그렇게 변했다.

아내는 털을 깍는 양처럼 머리를 순하게 내밀었다. 예전에 내가 그랬던 것처럼.

나는 염색약을 섞은 뒤 염색솔을 이용해 아내의 머리에 염색약을 바르기 시작했다. 처음 해보는 것이지만, 그럭저럭 할 만했다.

아내가 염색해주던 것을 하나씩 떠올리면서 약을 발랐다. 가끔씩 이마와 귀에 약이 묻기도 했지만, 큰 실수는 없었다. 염색약 때문에 머리카락이 머리에 바짝 말라붙은 아내의 모습은 귀여웠다. 절에서 본 석가모니 같은 느낌도 들었다. 귀가 불쑥 튀어나온 것이 그렇게 귀여울 수가 없었다. 아내의 머리에서는 그 옛날 그 비누냄새 대신 염색약 냄새가 강하게 풍겼다.

"계곡에 가서 머리 감자"

50분쯤 지난 뒤 나는 아내를 데리고 계곡으로 향했다. 아내의 머리를 감겨주기 위해서였다. 계곡에도 다행히 사람은 없었다. 아마도 평일이었기 때문이리라. 그렇게 생각했다.

먼저 흐르는 계곡물에 아내의 머리를 적신 뒤 샴푸를 이용해 3차례 머리를 감겼다. 아내는 불편해하면서도 즐거워했다.

아내의 머리에서는 짙은 샴푸냄새가 났다. 집에서 쓰던 그 샴푸다.

머리를 다 감은 아내에게 거울을 보여줬다.

"맞아, 그래 이거야. 내 머리가 원래 이 색이었잖아."

아내는 뛸 듯이 좋아했다.

어느덧 해가 뉘엿뉘엿 기울면서, 날이 추워졌다. 아내가 한기를 느끼는지 몸을 떨었다.

나는 아내를 데리고 캠핑카 안으로 들어갔다. 따뜻했다. 가스레인지를 켜서 아내가 좋아하는 녹차를 끓였다.

"차 한잔해."

"응"

"있잖아, 우리 오늘 여기서 자자"

아내의 갑작스런 제안은 나를 기쁘게 했다.

"왜?"

"여기가 거기잖아요. 소풍 왔던 곳…"

그날 나와 아내는 그곳에 캠핑카를 세우고 함께 잤다. 아내의 머리카락에서 나는 냄새는 그 옛날 그 비누냄새가 아니라 집에서 쓰던 샴푸냄새였지만, 아련했다.

아내는 내 품에서 곤히 잠들었다. 코 밑까지 온 아내의 머리카락에서 염색약 냄새와 집에서 쓰던 샴푸냄새가 뒤섞인 묘한 냄새가 났다.

머리카락 사이로 드러난 이마에 입을 맞췄다. 주르륵, 눈물이 났다.

9월 11일 1221호, 그 방을 주세요

"1221호에 꼭 묵고 싶습니다."

"아, 그게 지금 1221호는 없어졌는데요."

당황스러웠다. 꼭 1221호에서 자야 하는데….

아내는 오래전부터 제주도에 가고 싶어 했다. 그러니까 벌써 몇 년 전인가?

우리는 신혼여행을 제주도로 다녀왔다. 그때, 아내나 나나 제주도는 처음 가는 것이었다. 비행기를 타는 것도 물론 처음이었다. 우리의 제주도 여행은 그게 마지막이었다. 우리는 다시 제주도에 갈 기회가 없었다.

"제주도 한 번 다녀오고 싶어요."

아내는 예전에 건강할 때부터 그런 희망을 자주 드러냈다. 사는 게 뭔지, 우리에게 제주도에 갈 수 있는 기회는 다시 찾아오지 않았다.

'아내와 함께 제주도에 한 번 다녀오자. 아내가 옛 기억을

떠올릴 수도 있지 않을까?'

어차피 가는 거 그때 그 콘도에 묵고 싶었다. 아내와 함께 신혼의 첫날밤을 보낸 그곳. 아내는 첫날밤 저녁, 거기서 맛있는 돼지고기 제육볶음을 나에게 해줬다. 우리는 당시 한 푼이라도 아끼겠다는 생각에 직접 밥을 해먹을 수 있는 콘도를 선택했다.

그런데 우리가 묵었던 그 방이 없다니? 건물이 그대로라는 얘기를 분명히 들었는데 어떻게 된 것일까? 신혼여행 때 찍은 사진을 통해 호실을 확인했기 때문에 틀림이 없는데….

콘도 직원은, 건물은 그대로인데 일부 방을 리모델링하면서 방 번호가 바뀌었다고 설명해줬다. 특히 12층의 경우 1221호는 없어졌다고 설명했다.

일단은 12층의 맨 끝방인 1215호를 예약했다. 일단 가보자, 라고 생각한 것이다.

하지만 아득했다. 콘도 직원의 말대로 리모델링이 대대적으로 이루어졌다면, 방의 구조도 모두 바뀌었다는 얘기 아닌가?

아내에게, 그 옛날 그대로의 방을 보여주고 싶은데…. 아내가 첫날밤을 보낸 그 방을 보고 나서 혹시라도 기억을 되살릴 수 있을까? 그렇게 해서 아내가 잠시라도 행복한 꿈을 꾸게 할 수는 없을까?

그런 생각을 하고 있었지만, 가능성은 높지 않았다.

"잘 알겠습니다. 비수기인데다 내일은 평일이니까, 12층의 다른 방도 비어있겠죠?"

"아 예, 아직은 좀 비어있습니다."

"그럼 당일 방을 보고 바꿔 달라고 해도 될까요?"

"방이 비게 된다면 그렇게 조치해드리도록 하겠습니다."

그래, 아내랑 신혼여행을 떠난다. 이게 얼마 만인가? 가슴이 뛰었다.

그 옛날 신혼여행은 정말로 즐겁고 행복했다.

제주공항에 비행기가 내릴 때의 기억은 지금도 잊을 수가 없다. 비가 억수로 내리던 그날, 비행기는 공항 주변을 몇 차례 선회하다가 간신히 내렸다. 비행기가 땅에 닿아 속도를 줄이기 시작하는 순간, 이곳저곳에서 박수가 터져나왔다.

'무사히 착륙해 주셔서 감사합니다'

다들 그런 뜻을 박수에 담은 것 같았다. 아내와 비행기에서 내려 맨 처음 한 일은 택시를 잡는 것이었다. 3박4일 우리 부부를 안내할 택시.

공항 주변을 서성거리다가, 비행기 안에서 만난, 우리와 비슷한 연령대의 신혼부부를 만났다.

"아이구 또 뵙네요."

"그렇네요."

"택시가 잘 안 잡혀서…."

"저희도 택시 좀 잡으려고…."

그때 택시가 한 대 나타났다.

"아 먼저 타세요. 저희는 다음 택시 잡죠. 뭐."

"아니예요. 먼저 타세요."

그 신혼부부와 '형님먼저 아우먼저' 상황을 연출하고 있는데, 택시 기사가 내렸다.

"그러시지들 마시고 같이 타세요. 싸게 해드릴 테니까."

"그렇게 해. 재미있겠네…."

"그렇게 해요."

양쪽 부부의 신부들이 거의 동시에 호응을 하고 나섰다. 아마도 '싸게'라는 말 덕분이었으리라. 당시도 이미 하와이나 동남아 등 외국으로 신혼여행을 떠나는 신혼부부가 꽤 많았다. 제주도로 신혼여행을 가는 경우는 대부분 형편이 넉넉하지 않은 경우였다. 우리 부부처럼.

그렇게 해서 우리는 그 신혼부부와 3박4일 일정을 함께 보내게 됐다. 숙소도 같은 지역에 있었기 때문에 큰 문제는 없었다.

우리 4명은 같은 곳을 보고, 같은 것을 먹고, 같은 배경으로 사진을 찍었다.

그런데, 문제가 하나 있었다. 나나 그쪽 신랑 중 한 명은 외톨이 신세가 된다는 것이었다. 택시의 좌석 구조상 조수석에 1명, 뒷좌석에 3명이 앉아야만 하기 때문이다.

하지만, 나나 그쪽 신랑이나 크게 괘념하지 않았다. 오히려 상대방 부부에 대해 알아가는 과정이 재미있겠다는 생각도 했다.

우리 4명은 참 친하게 지냈다.

"오래 사귄 친구들 같네요."

신혼여행 사진 촬영까지 담당하는 택시기사는 자주 그렇게 말했다.

아내가 그때 만났던 그 신혼부부를 다시 만나면 어떨까, 하는 생각에 당시 앨범 등을 통해 찾아봤지만 끝내 찾지 못했다. 당시 그쪽 신랑은 국내의 한 대기업에 다닌다고 했던 기억이 났다. 그 기업에 전화를 해봤지만, 그런 사람은 오래전에 퇴직했다고 했다.

아내가 그 방에 가면 기억을 떠올릴 수 있을까?

9월 15일 제주도, 두 번째 신혼여행

비계가 듬뿍 들어있는 돼지고기, 그리고 양파와 파, 당근을 잔뜩 샀다. 나는 비계가 많은 돼지고기를 아주 좋아했다. 아내는 그걸로 빨갛고 매운 제육볶음을 해주곤 했다. 신혼여행 때도 첫날밤 저녁 식사로 그 제육볶음을 먹었다.

신혼여행 때 먹은 돼지고기볶음을 어떤 조리기구로 만들었는지는 잘 기억나지 않았다. 일단 집에서 쓰는 프라이팬을 챙겼다.

"우리 신혼여행 다녀와. 제주도로"

아내는 눈만 꿈뻑꿈뻑 하면서 아무런 대꾸도 하지 않았다. '무슨 얘기를 하느냐'는 표정이었다.

기나긴 고속도로를 지나 항구에 도착한 캠핑카는 배의 커다란 입속으로 빨려들어갔다.

"제주도 가는 거야? 비행기 안 타?"

아내가 갑자기 비행기 얘기를 꺼냈다. 신혼여행 다녀온 기억이 되살아난 모양이었다.

"응, 이게 편하잖아. 그래서…."

오랜만에 다시 찾은 제주도는 변해 있었다. 무슨 무슨 박물

관은 왜 그렇게 많은지? 곳곳에 들어선 펜션은 그 옛날 고요하던 제주도의 풍경을 완전히 앗아간 상태였다.

'이게 아닌데, 아내가 기억을 떠올리려면 이런 걸 봐서는 안 되는데….'

그런 생각을 하면서 차를 내달렸다. 내비게이션이 알려주는 길을 따라 계속 달리자, 저 멀리 낯이 익은 건물이 보였다.

그 옛날 우리가 신혼여행을 왔던 바로 그 건물이었다. 하지만 바짝 다가갈수록 건물은 초췌해 보였다. 긴 세월의 흔적, 사람의 손길에서 멀어져가고 있는 흔적 그런 것들이 덕지덕지 외벽에 묻어 있었다.

하지만, 예전의 골격은 그대로 보존하고 있었다.

'이 정도면 됐어'

우리는 콘도 안으로 들어갔다. 로비의 기본 형태는 대부분 옛날 그대로였다. 손님은 거의 없었다.

아내는 별다른 반응을 보이지 않았다. 어딘가 낯이 익다는 표정을 지어보이는 것 같기도 했지만, 잠자코 있었다.

"김,상,혁,입니다. 오늘부터 2박 예약한. 1215호."

키를 받아 엘리베이터를 타고 올라가는 동안 가슴이 조마조마했다.

문에 도착하는 순간, 가슴이 덜컥 내려앉았다. 그 옛날 그

문이 아니었다. 신혼여행 때 찍은 사진에서 본 그 문과는 재질이나 디자인이 완전히 달랐다.

문을 열고 안으로 들어갔을 때도 같은 기분이었다. 객실의 구조가 예전과 완전히 달랐다. 아내도 처음 와본 곳이라는 듯 주위를 두리번거렸다.

"여기로 와 보세요. 저기 저 바깥 풍경 좀 봐요. 이 방이 맞아요. 우리가 신혼여행 왔던 그 방."

그랬다. 베란다 창문 앞에 있던 두 그루의 나무가 그 옛날 그 방이라는 것을 알려주고 있었다. 분명히 그때 그 방이었다. 두 그루의 나무를 사이에 두고 보이는 바다 풍경이 예전의 그것과 똑같았다. 우리는 그때 여기서 사진을 여러 장 찍었었다. 그 사진이 앨범에 남아있기 때문에 아내나 나나 낯이 익다.

아내가 이 베란다 풍경을 보고 나보다 먼저 당시의 방을 기억해 낸 것이었다.

나는 기뻤다. 아내가 기억을 또렷하게 떠올린 것, 그리고 그 옛날의 그 행복 속으로 빨려 들어가는 모습이 너무나도 기뻤다.

"그래 맞네. 여기야. 이 방이야."

나는 휴대전화를 꺼내 셀카를 찍었다. 그 옛날 그 포즈를 떠올리면서.

돼지고기와 프라이팬을 꺼냈지만, 아내는 요리를 하겠다는 생각이 들지 않는 모양이었다. 요즘 아내는 그랬다. 그동안 자신이 요리를 해왔다는 생각을 하지 못했다.

나는 고기와 양파, 파, 당근을 듬성듬성 썬 뒤 고추장을 듬뿍 넣고 제육볶음을 열심히 만들었다.

"맛있어요. 너무 맛있어요."

아내는 첫 숟가락에 바로 반응을 보였다. 흐뭇했다. 밥을 배불리 먹은 아내가 침대로 향했다.

"내일은 오빠가 뒤에 앉는 날이네. 내 옆에. 아이 좋아."

아내는 예전 신혼여행 때 택시 탔던 이야기를 하고 있었다. 신혼여행 당시 아내는 하루 내내 그쪽 신부와 옆자리에 앉아서 제주도를 돌곤 했다. 아내가 당시에는 별로 내색을 하지 않았는데, 그게 무척 힘이 들었던 모양이다.

"그래 내일은 내가 당신 옆에 앉는 날이니까 나도 좋아."

아내가 기억하는 제주도는 어디까지일까?

설거지를 끝내고 나니 파도 소리가 방으로 몰려들어왔다. 문을 열고 베란다고 나갔다. 멋진 풍경이 펼쳐졌다. 검푸른 바다, 그 앞의 절벽…

아래쪽 베란다와 위쪽 천장을 잇는 두 개의 나무가 절묘한 구도를 만들어줬다. 아내의 기억을 찾아주는 역할을 한 그 두 개의 나무.

"어디 있어요?"

아내가 불러서 달려가 보니 아내가 환한 웃음을 띤 채 깨어 있었다.

"응 베란다에 좀 나가봤어. 참 예쁘네."

"너무 좋죠. 내일은 오빠 손 잡고 다닐래요. 그쪽 부부도 매일 잡고 다니잖아요."

"아…."

아내는 여전히 내일 이어질 신혼여행을 꿈꾸고 있었다. 그때까지도 우리 부부는 남들이 보는 데서는 손을 잡지 못했다.

"그래, 내일은 손을 잡고 다니자."

아내가 가슴 속으로 쏙 들어왔다. 꼭 안았다. 아내도 힘을 줬다.

"잘 자"

"네."

9월 22일 엉덩이가 너무 아파요

"바람이 시원해서 너무 좋아요. 매일 이렇게 좋은 데를 데리고 다녀줘서 너무 고마워요."

아침부터 날씨가 쾌청했고, 아내의 컨디션도 아주 좋아보였다. 게다가 아내가 나를 분명하게 알아보는 듯했다.

아내는 캠핑카로 다니는 여행을 아주 좋아했다. 화장실 문제를 쉽게 해결할 수 있게 된 것, 그것이 아내를 편안하게 하는 것 같았다. 아내는 기저귀보다는 요강에서 볼일을 해결하는 것을 좋아했다.

차 안에 설치한 요강은 아주 요긴했다. 스테인레스 요강을 바닥에 고정해 놓고, 아내가 볼일을 볼 때마다 들고 나와서 오줌을 버리는 일은 결코 쉬운 것은 아니었지만, 그만큼 보람이 컸다.

"요강!"

아내는 소변이 마려우면 그렇게 외쳤고, 나는 차를 길가에 주차했다.

"쉬…"

아내가 오줌을 누는 소리는 나에게 평온을 가져다줬다. 그 소리가 난 뒤 찾아오는 아내의 평온을 알기 때문이다.

아내는 오줌이 마려우면 안절부절 어쩔 줄 모르곤 했다. 오줌을 자신의 의지로 통제할 수 없는 경우가 많다는 것을 알고 있는 아내는 요의가 느껴지면 바로 오줌을 누길 원했다.

아내가 눈 오줌은 늘 노란색이다. 많은 약을 먹기 때문이다. 그리고 냄새도 많이 난다.

오줌을 처리할 때는 한적한 도로를 찾았다. 요강을 들고 나가 오줌을 버려야 했기 때문에 다른 사람의 눈을 의식하지 않을 수 없었다.

'이 오줌이 이놈들에게는 거름이 됐으면 좋겠네.'

늘 그런 생각을 하면서 잡초와 잡목이 있는 풀밭 등에 오줌을 버렸다. 오줌을 버리지 않으면, 금방 차 안에서 냄새가 났다. 나는 그 냄새가 좋았지만, 아내는 그렇지 않았다.

전주는 아내에게 최고의 장소였다. 아내는 한옥마을의 풍경을 유난히 좋아했다.

나는 아내가 이전부터 가고 싶다는 뜻을 내비친 적이 있는 곳을 주로 돌아다녔다. 그래서 그런지, 아내는 내가 데리고 간 장소를 모두 좋아했다.

아내는 많은 사람이 한복을 입고 다니는 풍경에 깊은 관심을 보였다. 아내가 한복을 입고 싶어 하는 것 같아 한복 대여

점에 갔다. 아내는 처음에는 사양했지만, 결국은 한복을 입었다. 대여점 주인이 추천한 5가지 디자인 가운데 아내가 고른 것은 '황진이'를 연상시키는 것이었다. 색상이 화려했다.

아내는 한복을 입은 모습이 거울에 비치자 무척 흡족해했다.

"저 예뻐요? 이런 한복 처음 입어봐요."

"그럼 너무 멋진데."

나도 남자 한복을 하나 빌려 입었다. 우리 부부는 한복을 차려입고 전주 시내 곳곳을 돌았다. 아내는 돌담길 아래로 길게 뻗어있는 길을 좋아했다. 나는 휴대전화로 그 길을 걷는 아내의 모습을 부지런히 찍었다. 아내는 휴대전화 카메라에 담긴 자신의 모습을 보면서 어린애처럼 좋아하곤 했다.

그런데 아내의 걸음걸이가 조금 이상했다. 어디가 아픈 사람처럼 한쪽 다리에 힘을 주지 못했다.

"왜 그래? 어디 아파?"

"네, 여기가 많이 아파요."

아내는 손가락으로 엉덩이를 가리켰다.

"왜 아프지? 언제부터 아팠어?"

"얼마 전부터 조금씩 아팠는데, 좀 전에 한복을 갈아입다가 뭔가에 찔렸는데 그때부터 엄청 아파요."

뒤뚱거리며 길을 가던 아내가 경기전 앞에서 더는 걸을 수 없다는 듯 멈춰 섰다.

"더는 걸을 수가 없어요. 한번 봐줘요."

"여기서 지금?"

"네. 빨리요."

아내는 이미 다른 사람으로 바뀌어 있었다. 급격하게 다가온 통증 때문에 판단력을 상실한 상황이었다.

하는 수 없이 나는 아내를 데리고 근처에 있는 장애인용 공중화장실로 갔다.

"그래 내가 한 번 볼게."

아내는 한복 치마를 걷어 올렸다. 나는 한복 안에 있는 하얀 속바지와 속옷을 내렸다. 피가 나고 있었다. 자세히 살펴보니, 한쪽에 종기가 나서 고름이 맺혀 있었고, 바로 옆은 어떤 뾰족한 것에 의해 찔린 것으로 보이는 상처가 있었다. 종기가 나서 부어오른 부분을 찔리게 되니 통증이 배로 커진 것으로 보였다.

"이거 안 되겠어. 병원에 가자."

나는 아내를 캠핑카에 태워 근처 외과의원으로 갔다.

젊은 남자의사가 진료를 하고 있었다. 의사는 아픈 곳을 봐야 하니 엉덩이를 보여달라고 했다.

"안 돼요. 왜 남의 엉덩이를 봐요."

아내가 갑자기 소리를 질렀다.

"여기 치료하러 온 거잖아. 그럼 선생님께서 보셔야지. 내가 여기 있으니까 걱정하지 마."

하지만, 아내는 막무가내였다.

"조금 진정되시면, 다시 뵙지요."

아내의 심리상태를 한눈에 알아본 의사는 조금 있다가 다시 진료하자고 했다. 아마도 내가 잘 달래보라는 뜻이었으리라.

"의사 선생님께 엉덩이를 보여드리지 않으면 치료를 할 수가 없대."

"싫어요. 저 사람 이상해요. 무서워요. 절대로 안 돼요."

나는 아내와 대기실 의자에 앉았다. 흥분해 있는 아내를 진정시키는 것이 우선이라고 생각했다.

의자에 앉은 아내는 자신의 등은 벽에, 어깨는 내 어깨에 기댄 채 잠시 휴식을 취하는 듯했다. 그러다가 새근새근 잠자는 소리가 들렸다. 그 사이에 잠이 든 모양이었다.

아내는 급격한 정신적 변화나 충격을 겪고 나면 바로 잠을 자곤 했다. 한숨 자고 나면 상태가 한결 나아지는 경우가 많았다. 오늘도 나는 그런 상황을 기대했다.

기대대로 잠에서 깨어난 아내는 한결 얌전해져 있었다.

"엉덩이 아프지?"

"의사 선생님 뵙고 오자."

"네."

아내는 엄마랑 병원에 간 아이처럼 고분고분했다.

"잘하셨습니다. 못 같은 것에 찔린 것이면 큰 병으로 번질 수 있어요. 지금 치료하면 괜찮아질 것 같습니다."

아내의 상태를 본 의사는 크게 걱정할 것 없다면서 주사를 한 대 놓고 3일 치 약을 처방해줬다.

"가급적 엉덩이에 힘이 가해지지 않도록 해주는 게 좋겠어요. 가능한 한 통기가 잘 되게 해주시고요."

치료가 끝난 뒤에도 아내의 통증은 가시지 않는 것 같았다. 더 이상 걸을 수 없는 상황이었다.

아내를 데리고 캠핑카로 갔다. 아내의 한복을 벗긴 뒤 침대 위에 눕혔다.

"여기서 엎드려 있는 게 좋을 것 같아. 내가 옆에 있을 테니까 걱정하지 말고."

배를 침대 위에 대고 엎드린 아내는 아무런 말도 하지 않았다.

아내의 옷을 모두 벗겼다. 다리와 엉덩이의 탄력이 연초에 비해 훨씬 더 줄어든 느낌이었다. 최근 몇 달 사이 아내의 몸이 무척 약해졌다는 생각이 들었다.

왼쪽 엉덩이 2곳에 반창고가 붙어있었다. 한쪽은 종기가 난 곳이고, 다른 한쪽은 못에 찔린 곳이다.

"바람이 잘 통해야 한다니까 이렇게 누워있어. 나는 잠깐 한복 좀 반납하고 올게."

"나 혼자 놔두고요? 싫어요. 무서워요. 같이 가요."

일어나려고 하는 아내를 억지로 눕혔다.

"아니야 금방 다녀올게. 내가 차 문을 튼튼하게 잠글 테니까 걱정하지 말고."

아내는 그래도 못 믿겠다는 표정을 지으면서도, 체념하는 듯했다.

"그래요, 빨리 와요."

한복을 반납하고, 음료수 2병을 사오는 데는 약 20분 정도의 시간이 흘렀다.

"도와주세요."

캠핑카로 가까이 가자 아내가 급히 지르는 소리가 들렸다. 급히 문을 여니 아내가 요강과 함께 넘어져 있었다. 그 옆에는 오줌도 흥건했다.

전주로 오는 도중 아내가 눈 오줌을 버리고 나서, 요강을 단단하게 고정해 놓지 않은 게 화근이었다. 아마 엉덩이가 아픈 상태에서 요강에 오줌을 누다가 균형을 잃은 것 같았다.

"아이구, 조금만 참지. 미안해. 미안해. 내가 빨리 치울게. 당신은 침대에 엎드려 있어. 미안해."

아내는 내 품으로 달려들었다.

9월 24일 우리도 그렇게 죽어요

그날 TV에서 뉴스가 흘러나오고 있었다. 나는 캠핑카 안에서 아내와 그 뉴스를 보고 있었다.

"관광지로 가던 관광버스가 절벽에서 떨어져서 10여 명이 숨지거나 다쳤습니다. 경찰은 이 버스가 노인들에게 건강용품을 파는 업체의 설명회장을 들러 목적지로 가다가 사고가 난 사실을 확인했다고 밝혔습니다. 희생자들은 당일 1만 5000원의 비용을 내고 업체 측이 주선한 관광에 나선 것으로 알려졌습니다. 경찰은 또 사고 당시 상당수 승객들이 술을 마셨으며 버스 통로에서 춤을 추고 있는 상황에서 사고가 났다는 생존자들의 말에 따라 정확한 사고경위를 조사하고 있습니다. 버스업체 측은 이날 숨진 사람들에게 보상금을 지급하겠다고 밝혔습니다. 보상금 액수는 1인당 1억 원이 넘을 것으로 예상됩니다."

교통사고에 대한 뉴스가 끝난 뒤에도 아내는 별다른 말이 없었다.

"노인들을 상대로 한 저런 싸구려 관광은 절대로 가지 말아야 하겠어."

무심결에 그렇게 이야기한 것은 나였다. 별다른 생각이 있었던 것은 아니었다. 그냥 그 뉴스를 들었을 때의 단순한 느낌을 이야기한 것일 뿐이다.

그때였다. 아내가 갑자기 반응하기 시작했다.

"아이구 무슨 얘기예요. 저는 저 사고로 죽은 노인들이 가장 부러운데요."

그 반응은 의외였고, 나는 무척 놀랐다. 나는 아내가 '생각만 해도 끔찍하다'면서 내 말에 호응해올 줄 알았기 때문이다.

"아니 무슨 얘기야. 싸구려 여행하다가 죽었는데?"

"생각을 해보세요. 저 사고로 죽은 사람들, 죽기 직전까지 얼마나 행복했겠어요. 친구들과 어울려 관광 가지, 좋아하는 술 마시지, 신나게 춤까지 추지…."

"아 그렇기는 그렇네. 듣고 보니…."

"거기다가, 술 마시다 갑자기 죽었으니까, 죽을 때 고통도 거의 없었을 거 아니에요?"

"아…"

"거기다가 보상금도 준다고 하지요."

나는 깜짝 놀랐다. 아내가 거기까지 생각하고 있는 줄은 꿈에도 몰랐기 때문이다. 생각해보니 아내의 이야기에 일리가 있었다.

"가장 행복한 순간에 고통 없이 죽었지, 남은 가족들에게 보상금 남겨줬지. 늙은이들이 죽었는데 그런 거금을 누가 주겠어요? 저 같으면 그런 여행 찾아서라도 가고 싶네요."

아내는 억대의 보상금에 주목하고 있는 듯했다. 따지고 고면 아내나 나나 그 정도의 보상금은 꿈에나 그려볼 수 있는 액수다.

나와 아내는 그동안 모든 것을 승수에게 쏟아부었다. 결국 남은 것도 없고, 당연히 승수에게 남길 것도 없는 신세가 됐다.

"우리 승수에게 뭔가 남겨주고 싶은데…. 뭔가 해주고 싶은데…."

아내는 전부터 승수에게 무엇인가 남기고 싶다는 뜻을 자주 드러냈다. 특히 승수가 미국에서는 물론 한국에서도 잘 풀리지 않는다는 소식을 들은 뒤 그런 바람을 자주 이야기했다.

"우리도 그렇게 죽을까? 왜 있잖아요. 관광지 가다가 교통사고 나서 죽은 사람들."

관광버스 사고에 대한 뉴스를 보고 나서도 한참 지난 오늘, 아내가 갑자기 이렇게 말하면서 내 얼굴을 빤히 바라봤다.

아내가 무슨 말을 하고 있는지, 무엇을 원하는 것인지 자세한 설명을 하지 않아도 알 수 있었다.

하지만, 나는 아무런 대꾸도 하지 못했다.

"죽기는 왜 죽어, 우리가…."

누구를 향해 내뱉은 것인지 모를 나의 이 말은 허공에 힘없이 흩어졌다.

10월 10일 무너진 세상

요즘 들어 아내는 현도안 선생님에 대한 이야기를 전혀 하지 않는다. 아내가 선생님에 대한 이야기를 입에 담은 지도 벌써 3개월이 다 돼간다.

아내의 한쪽 뇌리에 그토록 또렷하게 되살아났던 현도안 선생님. 그 거인에 대한 아내의 기억은 도대체 어떻게 된 것일까?

아내의 뇌리에 들어있는 그 많은 기억의 세포들은 도대체 어디로 간 것일까?

아내의 세상, 아내를 떠받치고 있던 그 큰 세상은 이렇게 무너져내리는 것일까?

요즘 들어 아내의 말수도 급격하게 줄었다. 하루 종일 아무런 말도 없이 지내는 경우도 많다. 그런 날은 심한 우울증 증세까지 보인다.

그런 날 나타나는 가장 큰 변화는 사람을 알아보지 못하는 것이다. 종일 같이 지내는 나에 대해서도 별다른 반응이 없는 경우가 많다.

아내의 뇌리에서 나, 김상혁이라는 사람의 존재도 사라진 것은 아닐까?

아직 동학사에도 다녀오지 못했는데…. 아직 같이 할 일이 많이 남아있는데….

그런 아내에게 끊임없이 말을 건다. 아내가 맥락 없는 이야기를 쏟아내더라도 나는 꼬박꼬박 대답을 하고 눈을 맞춘다.

그건 나의 책무다. 아내를 혼자의 상태로 남겨놓을 수는 없다. 아내를 홀로 남겨놓는 것은 결국 나를 홀로 남겨놓는 것이다.

같은 공간에서 같이 숨을 쉬는 한, 함께 대화를 나누고 눈을 맞춰야 한다.

함께 손을 잡고, 함께 잠을 자야만 한다.

그건 우리가 일생을 지켜온 약속이다.

10월 15일 당신의 넥타이

"첫 월급 타서 샀어요."

대학 졸업 후 출판사에서 일하게 된 아내는 원고의 오탈자를 찾아내 고치는 일과 편집을 보조하는 일을 했다.

아내는 좋아하는 책을 마음껏 볼 수 있는 데다 직접 책을 만드는 일을 하게 됐다면서 무척 좋아했다.

소규모 출판사 직원의 월급은 많지 않았다. 부모님에게 몇 푼 보내고 집세를 내면 사실상 남는 것이 별로 없었다.

"오빠에게 잘 어울릴 것 같아서 샀어요. 오빠가 코스모스 좋아하잖아요."

"그래, 내가 코스모스를 아주 좋아하지."

"그래서 이 색으로…. 이 연한 분홍색 넥타이를 골랐어요."

당시 내가 다니던 회사에서는 넥타이를 매지 않아도 됐다. 자유로운 근무 분위기를 강조하고 있었기 때문이다. 그래서 그 넥타이를 업무와 관련돼 매는 경우는 많지 않았다.

하지만, 나는 중요한 행사가 있을 때는 언제나 그 넥타이를 맸다. 아내는 그런 나를 보면서 무척 즐거워했다.

아내는 내가 무슨 행사장에라도 갈 때가 되면 항상 그 넥타이를 미리 찾아다 줬고, 나는 기꺼이 그걸 맸다.

"오빠는 이걸 매야 인물이 좋아지지, 안 그래?"

나와 코스모스는 그 넥타이와 함께 하나가 됐고, 나이를 먹게 됐다.

넥타이는 장롱 안, 바지 걸이에 걸려 있었다. 비닐에 쌓여 있는 넥타이에는 세탁소의 표찰이 그대로 붙어있었다. 아내가 세탁소에서 찾아오고 나서 한 번도 매지 않았기 때문이다. 아내는 이 넥타이를 늘 소중하게 여겼다. 늘 정갈하게 세탁을 한 상태에서 장롱에 보관하곤 했다.

연분홍 넥타이는 오랜만에 그 옛날 그 코스모스를 내 앞에 소환해 왔다.

파란 가을 하늘엔, 구름 조금
길가에
연분홍 코스모스 몇 송이

살짝 불어온 바람, 그 가을바람에
몸을 맡긴
키 큰 코스모스

그 불안한 흔들림

비닐을 벗기자 낡고 낡은 넥타이 하나가 드러났다. 은은하고 맑던 분홍빛은 곳곳이 바랬고, 심지어 넥타이 끝에는 누런 음식물 자국도 그대로 남아있었다.

얼룩진 나와 아내의 인생처럼.

10월 20일 마지막 넥타이

"서해 바다의 석양이 보고 싶어요. 드넓게 펼쳐진 바다, 빠알갛게 타들어가는 석양이 보고 싶어요."

"알았어, 가. 바다로 가자."

캠핑카는 여전히 맡은 바 일을 잘 해냈다. 내가 원하는 곳, 아내가 바라는 곳을 향해 부지런히 내달렸다. 씽씽 내달렸다. 캠핑카는 아내와 나의 충실한 발이 돼 주었다. 마지막까지 우리와 함께 해준 소중하고도, 고마운 존재다.

구불구불 해안길을 내달릴 때, 아내는 롤러코스터를 타고 있는 사람처럼 좋아했다.

아내가 요강에 눈 오줌을 깜빡 잊고 치우지 않았더니, 커브길에서 오줌이 차 안 여기저기로 튀는 일도 발생했다. 아내는 질색을 했지만, 나는 그게 싫지 않았다.

캠핑카와 방 안에서 나는 아내의 오줌 냄새는 늘 나를 편안하게 했다. 그건 아내가 살아있다는, 내 곁에서 여전히 살아 움직이고 있다는 증명 같은 것이었다.

바다가 보이기 시작하자 아내의 표정은 한결 밝아졌다. 아내는 늘 그랬다. 드넓고, 개방감 있는 장소에 가면 활기를 찾는 경우가 많았다. 감정선은 긍정적으로 변했고, 기억도 비교적 또렷해졌다.

바다를 끼고 해안선을 한참 내달리고 있는데 도로 한 켠에 꽤 넓은 공터가 보였다.

'여기가 좋겠어, 여기가.'

나는 지나다니는 차도 별로 없으면서 넓은 바다가 한눈에 들어오는 공터에 캠핑카를 세웠다.

캠핑카에서 내려서 보니 석양을 감상하기에 더없이 좋은 곳이었다.

"와, 너무 좋아요. 저기, 저기, 저기 좀 봐요. 작은 섬이 보여요? 섬에 불이 붙은 것 같아요"

석양 속에 희미하게 드러난 작은 섬, 빠알간 석양 속 섬을 보고 아내는 아이처럼 좋아했다.

"그렇게 좋아?"

아내를 뒤에서 껴안으면서 물었다.

"그럼요, 이렇게 멋진 석양은 처음이에요."

나와 아내는 한참을 그렇게 서 있었다. 우리는 아무런 말도 하지 않았다. 아내는 해가 완전히 바닷속으로 가라앉을 때까지 서쪽 바다를 보고 서 있었다.

"배고파요."

아내는 언제부턴가 배고픔을 견디는 능력이 떨어지기 시작했다. 배가 고프면 바로 화를 내곤 했다. 서둘러 저녁식사를 준비했다. 저녁식사라고 해봐야 라면이었지만, 정성껏 끓였다. 캠핑카로 여행을 하는 동안 우리는 자주 라면으로 끼니를 해결하곤 했다. 아내가 좋아하는 데다 준비하기가 쉬웠기 때문이다.

이번 라면은 특별히 준비한 해물라면이었다. 오는 길에 사온 새우와 주꾸미를 가득 넣고 끓였더니, 제법 먹음직스러워 보였다. 아내는 라면을 정말로 맛있게 먹었다.

나는 라면에 들어 있는 새우의 껍질을 벗겨 아내의 입에 넣어줬다. 아내는 그 새우를 아이처럼 받아먹으면서 즐거워했다. 예전에는 그 반대였다. 아내가 껍질을 벗겨서 나에게 먹여주곤 했다.

하지만, 아내는 언젠가부터 내 도움이 없으면 식사도 제대로 하지 못하는 아이가 돼 있었다.

"추워요. 안으로 들어가요."

저녁을 먹고 나니 날씨가 쌀쌀해졌다. 아내와 함께 캠핑카 안으로 들어갔다. 차의 실내등을 켜니, 우리 둘만의 따스한 공간이 모습을 드러냈다. 아내의 필수품인 스테인레스 요강이 실내등 불빛을 받아 환하게 빛을 내고 있었다.

"아, 이거 일기장이네."

캠핑카 거실 머리맡에 있던 일기장을 보고 아내가 반응을 했다. 예상하지 못한 일이었다. 반가웠다. 아내가 우리의 교환일기장에 일기를 쓴 지가 꽤 오래된 데다, 요즘 들어 일기장에 대해 관심을 전혀 보이지 않았기 때문이다.

"일기장 한 번 볼까요?"

아내가 보기 시작한 이 일기장은 처음에 '교환일기'로 시작했지만, 요즘은 나만 쓰는 '단독 일기'가 돼 있다.

아내는 아무런 말도 없이 일기장을 뒤적였다.

"아, 넥타이…."

시간이 1시간쯤 지났을까? 아내의 입에서 '넥타이'라는 말이 나왔다. 아내는 일기장의 마지막 부분, 얼마 전에 내가 쓴 마지막 부분을 읽고 있었다.

'아내의 기억이 살아난 것일까? 넥타이 덕분에.'

나는 한껏 부풀어오른 기대감을 억누르면서 아내의 표정을 살폈다.

"알아요. 이 넥타이…. 맞아요, 생각나요."

순간, 아내의 눈에서 눈물이 주르륵 흘러내렸다. 아내가 아득한 기억의 저편에서 넥타이를 다시 소환해 온 것이 분명했다.

하지만, 아내는 미동도 하지 않은 채 일기를 읽었다. 그때였다. 일기장 위로 눈물이 한 방울 뚝 하고 떨어졌다. 일기장으로 떨어진 눈물이 둥그렇게 번졌지만, 아내는 여전히 미동도 하지 않았다.

그런 아내를 뒤에서 꼭 껴안았다. 아내의 눈에서 흐른 눈물이 내 손등 위로 떨어졌다. 뜨거웠다. 아내의 온기가 전신을 타고 흘렀다.

아내가 일기장에 적혀 있는 모든 일들을 기억해냈는지는 알 수 없었다. 하지만, 아내가 그 넥타이를 통해 다시 기억의 실마리를 찾아낸 것은 확실해 보였다.

"이거, 이거야 기억나?"

나는 지난번에 장롱에서 가져와 캠핑카 안에 놔뒀던 그 넥타이를 아내에게 직접 보여주면서 물었다.

"아 맞아요. 이거예요. 이게 어떻게 여기에 있어요?"

"응, 지난번에 내가 차에다 갖다 놨어. 언젠가 필요할 날이 있을 것 같아서. 내가 이 넥타이를 맨 모습을 당신이 가장 좋아하잖아."

"아 그럼 넥타이 한 번 매봐요. 당신은 이 넥타이를 맸을 때가 젤로 멋지잖아요."

"아이구 쑥스러운데…. 양복도 안 입었고, 더구나 와이셔츠도 없고…."

“아니에요. 그냥 T셔츠 위에 매보세요.”

아내의 표정은 너무나 간절해 보였다. 넥타이를 맨 나의 모습을 꼭 보고 싶다는 의지가 강렬했다. 나는 T셔츠의 깃을 세우고, 넥타이를 맸다. 검정색 T셔츠에 분홍생 넥타이가 어울릴 리는 당연히 없었지만, 아내의 반응은 달랐다.

“그래요. 이거예요. 당신은 이 넥타이를 매야 멋져 보여요. 오늘밤에는 이걸 매고 자요. 알았죠.”

“알았어, 알았어. 넥타이 매고 잠을 자는 사람은 나 말고 없겠지만, 오늘은 한 번 매고 자보자.”

나는 넥타이를 맨 채 누워 아내를 안았다. 아내의 몸은 내 품 안으로 쏙 들어왔다. 아내는 넥타이를 만지작거리다 스르르 잠이 들었다. 아내의 손에는 낡은 분홍색 넥타이의 한쪽 끝이 들려 있었다.

나는 잠이 오지 않았다. 아내와 이런저런 이야기, 넥타이와 얽힌 추억을 나누고 싶었지만, 아내는 이미 깊은 잠에 빠져 있었다.

‘그래, 오늘이야.’

아내의 손에서 넥타이를 빼낸 뒤 T셔츠 위 목에 맸던 넥타이를 풀어 머리맡에 놨다.

넥타이에 대한 추억 덕분이었을까? 잠든 아내의 얼굴은 이 세상 그 누구보다 평화로워 보였다. 근심이나 고통은 단 하나도 없는 아이의 얼굴, 그 순수의 얼굴. 그 얼굴에 입을 맞췄다. 따스했다. 아내는 잠시 움찔했지만, 잠에서 깨어나지 않았다.

'그래 지금이야.'

아내의 목 아래로 팔을 집어넣었다. 생각보다 아주 가벼웠다. 아내의 몸이 그동안 많이 야위었다는 생각이 들었다. 아내의 몸을 내 몸쪽으로 힘껏 당겨 안았다.

아내의 머리카락 몇 가닥이 콧속으로 빨려들어 왔다. 코스모스향. 그랬다. 분명히 그 향기였다. 아내는 요 며칠 사이 머리를 감지 못한 상태였지만, 아내의 머리카락에서는 분명히 코스모스 향이 났다.

밖은 고요했다. 파도 소리가 차 문 안을 뚫고 규칙적으로 들어오고 있었다.

머리맡에 있던 넥타이를 집었다.

'당신과의 그 약속을 지킬게. 미안해"

눈물이 핑 돌았다.

넥타이로 아내의 목을 감았다. 넥타이의 양쪽 끝을 모아 매듭을 만든 뒤 힘껏 당겼다.

'이 넥타이도 마지막이야….'

'마지막'이라는 생각에 순간적으로 눈물이 쏟아졌다. 넥타이를 보는 것도, 넥타이를 사용하는 것도, 이걸로 모두 끝이었다.

아내의 얼굴을 더 이상 볼 수가 없었다. 머리를 돌렸다. 차창 너머로 파도가 백사장을 향해 달려가는 모습이 보였다.

'그래, 우리 이렇게 가는 거야. 그래서 저세상에서 또 만나는 거야.'

잡고 있던 넥타이를 힘을 한 번 더 주는 순간, 아내가 눈을 떴다. 압박감을 느낀 아내가 고통스러운 표정을 지었다. 아내는 뭔가 말을 하려 했지만 들리지 않았다. 아내는 손을 허우적거리면서 입모양과 눈빛으로 소리쳤다.

'살려줘요. 살려줘요.'

아내의 그 눈빛은 전에 '제발 죽여달라'고 말할 때의 그것과 똑같았다. 간절하게 죽여달라던 아내가 이번에는 간절하게 살려달라고 외치고 있었다.

넥타이에 더 이상 힘을 줄 수가 없었다. 넥타이를 잡고 있던 손을 놨다. 넥타이가 스르르 풀렸다. 아내는 자신의 목을 만지면서 나를 바라봤다.

아내의 몸을 와락 끌어안았다. 아내의 뒷목 쪽으로 넥타이로 눌린 자국이 선명했다.

하지만, 아내는 조금 전 캠핑카 안에서 무슨 일이 있었는지 전혀 눈치채지 못하는 것 같았다. 지독한 악몽에서 막 깨어난 사람처럼 멍한 모습이었다.

"미안해, 미안해…."

나는 그렇게 말을 했지만, 아내는 '미안하다'는 나의 말뜻을 알아채지 못한 채 다시 잠이 들었다.

나는 한숨도 잘 수가 없었다. 나는 아내와의 약속을 지킨 뒤 그 넥타이로 아내의 뒤를 따를 생각이었다. 하지만, 나는 아내와의 약속, 아니 나와의 약속을 지키지 못했다.

동쪽 하늘에 해가 떠오를 즈음, 아내는 깨어났다.

"너희들 밥은 먹었니?"

아내는 근처 나무에 앉아 지저귀던 바닷새에게 말을 걸었다. 이 세상 그 누구보다 평화로운 표정이었다.

아내에게는 너무나 평화스러운 아침이었고, 나에게는 몹시도 아픈 아침이었다.

10월 23일 아들아

아내의 상태는 급격히 악화됐다. 나를 전혀 알아보지 못하는 날이 많아졌다.

아내는 집에 있는 시간이 길어지면 몹시 답답해했다. 아내는 수시로 밖으로 나가자고 보챘다. 나는 그런 아내를 캠핑카에 태우고 정처 없는 길을 나서곤 했다.

아내는 요즘 들어 바다와 호수를 유난히 좋아했다. 눈앞에 드넓은 풍경, 탁 트인 전경이 펼쳐지면, 아이들처럼 펄쩍펄쩍 뛰면서 좋아하곤 했다. 그래서 나와 아내의 주요 일과는 바다나 호수를 찾아다니는 것이었다.

아내는 나를 잘 알아보지 못했지만, 내가 하는 말은 잘 듣고 잘 따랐다. 본능적으로 내가 자신의 보호자가 나라는 사실을 알고 있는 것 같았다.

인근 도시에 있는 호수에 다녀왔다. 캠핑카가 호수 주변 드라이브 코스를 내달리자, 아내는 소리까지 지르면서 즐거워했다.

"아, 너무 좋아요."

"그래 나도 좋아. 저기 저쪽 호수 안에 작은 섬 보여? 너무 예쁘지?"

나는 지난번 서해바다의 석양과 함께 본 그 섬을 떠올리면서 아내에게 물었다.

하지만, 아내는 아무런 대꾸도 하지 않았다. 아내는 한동안 침묵을 이어갔다.

시간이 얼마나 흘렀을까?

아내가 내 얼굴을 빤히 쳐다봤다. 아내의 얼굴은 점차 굳어 있었다. 갑자기 정신이 든 것일까? 아내의 이런 표정을 마지막으로 본 것이 언제였던가….

"저와의 약속 잊지 않았지요. 저를 죽여주세요. 당신 곁에서 죽고 싶어요."

아내의 눈가로 눈물이 번졌다. 아내는 또 그 이야기를 했다.

"알았어. 약속 꼭 지킬게. 알았어. 걱정하지 마."

오른 손으로 아내의 어깨를 감싸 안았다. 아내의 어깨가 가늘게 떨리고 있었다.

아내는 달라진 것이 없었다. 그날 바닷가 캠핑카 안에서 아내는 살려달라고 소리쳤지만, 그날 이후에도 틈만 나면 자신을 죽여달라고 애원하곤 했다. 아내의 그런 애원은 습관과도 같았다. 하지만, 그 말을 할 때의 눈빛만은 늘 애절했다.

"그리고, 부탁이 하나 더 있어요. 우리 승수요, 우리 승수 잘 부탁해요. 그 아이에게 아무것도 남긴 것이 하나도 없는데…."

아내가 승수에 대한 이야기를 꺼낸 것도 참으로 오랜만이었다. 요즘 들어서는 승수 이야기를 전혀 하지 않아, 승수에 대한 모든 기억을 잊은 것은 아닌가 하는 생각을 해오던 터였다.

"그래, 알았어. 승수에 대해서는 걱정하지 마. 내가 승수가 기반을 잡고 일어설 수 있도록 할 테니까. 꼭 그렇게 할게. 그러니까 걱정하지 마."

아내가 내 말을 알아들었는지는 알 수 없었다. 아내는 내 어깨에 기대어 한참 앉아있다가, 춥다면서 캠핑카로 갔다.

호숫가 드라이브 코스를 몇 번 돌았는지 알 수가 없을 정도로 돌고 또 돌았다. 아내가 집에 가자고 할 때까지 그냥 차를 몰았다. 호수 드라이브 길을 눈을 감고도 다닐 수 있을 정도로 익힌 것 같았다.

해가 뉘엿뉘엿 기울자, 아내는 스르르 잠이 들었고, 나는 그때서야 집을 향해 핸들을 돌릴 수 있었다.

집에 오는 길에 보험회사에 들렀다. 준비해간 서류를 내고, 서명을 했다.

'승수야, 내가 너에게 해줄 수 있는 것은 이것밖에 없구나. 미안하다.'

10월 25일 한낮의 꿈

"자살도 싫고, 사고도 싫어요. 그냥 우리 둘이 집 거실에서 등 대고 앉아 졸다가 같이 죽어요. 햇살 좋은 날 오후쯤이면 더욱 좋겠어요."

꿈에서 아내를 만났다. 아내는 그 옛날 그 시절처럼 밝고 건강했다.

아내는 언젠가 내게 했던 그 말을 다시 하면서 내 곁으로 다가왔다.

"…."

나는 아무런 말도 할 수 없었다. 어떤 말이라도 하고 싶었지만, 입이 떨어지지 않았다. 그리고 온몸이 굳어갔다.

"오빠, 자살도 싫고, 사고도 싫어요. 그냥 우리 둘이 집 거실에서 등 대고 앉아 졸다가 같이 죽어요. 같이요."

아내는 활기로 가득 차 있었다. 이렇게 활기찬 모습을 마지막으로 본 것은 언제였던가?

나는 온 힘을 다해 입을 열었다.

"그래, 나도 그래. 자살도 싫고. 사고도 싫어. 그냥 우리 둘이 거실에서 등 대고 앉아 이야기하다가 같이 죽었으면 좋겠어."

나는 계속 아내에게 말을 했다.

"분홍색 코스모스가 가득 핀 들판이어도 좋겠어. 호수가 한눈에 들어오는 언덕이어도 좋겠고. 담요 한 장 깔아놓고 서로 등 대고 앉아 이야기하다가…. 가을 바람을 맞으면서 말이야."

"…."

"그래 그게 우리의 꿈이었는데, 우리가 꿔온 진짜 꿈은 그런 것이었는데…."

아내가 방문을 열고 들어오는 소리에 잠에서 깨어났다. 늦은 오후였다. 꿈속의 아내는, 아내의 목소리는 한 줌도 안 되는 연기가 공중에 퍼지듯 허망하게 사라져버렸다.

거실 창문 너머 먼 곳에 언덕길이 보였다. 연분홍빛 코스모스 한 떨기가 가을바람을 맞으며 서 있었다. 쓸쓸하게, 아프게.

10월 31일 동행

아내는 더 이상 사람을 알아보지도 못했다. 혼자의 힘으로는 일상생활을 할 수 없는 상태였다. 캠핑카 안에 우리의 추억이 담긴 그 넥타이를 놔뒀지만, 아무런 관심도 보이지 않았다.

"오늘 또 호수에 갈까? 그때 그 호수 말이야. 물이 많이 있는 곳…."

"좋아, 좋아요."

아내는 호수에 간다는 말을 듣더니 뛸 듯이 좋아했다. 아내를 태운 캠핑카는 지난번 그 호수를 향해 씽씽 달렸다.

멀리 호수가 보였다. 아내는 드넓은 호수가 눈에 들어오자 환호성을 질렀다. 오르락내리락 고갯길을 갈 때는 그 옛날 놀이공원에서 롤러코스터를 탈 때처럼 즐거워했다.

호수 둘레 드라이브 코스를 한 바퀴 돌고 나서 도로 옆 공터에 차를 세웠다. 전에 왔을 때 봐놓은 곳이었다.

공터는 높은 절벽 위에 있어 호수가 한눈에 들어왔다.

공터 한켠에 돗자리를 펴고, 아내와 함께 그 위에 앉았다.

"우리 등 대고 앉아볼까?"

"…."

"내 등에 당신 등을 대고 앉아봐. 서로 반대쪽을 보고. 당신 뒷머리를 내 뒷머리에 대면 더 편하겠어."

아내는 영문을 모르겠다는 듯이 옆으로 돌아앉더니, 나의 등에 자신의 등을 댔다.

"머리도 한 번 대봐. 편안할 거야."

"…."

아내는 아무런 말도 하지 않고 앉아있었다. 하지만, 아내의 등에서 따스한 온기가 전해져왔다.

평생 나를 지켜주고, 지탱해준 아내의 그 온기, 그 따스함이 실핏줄을 타고 온몸으로 흘렀다.

그랬다. 나는 아내의 이 온기 덕분에 지금까지 살았고, 오늘을 살고 있다. 아내의 이 온기 덕분에, 이 온기의 힘으로 회사에도 다녔고, 세상과 싸울 수 있었고, 아이도 키웠다.

요즘은 이 온기 덕분에, 이 온기의 힘으로 아내를 지킬 수도 있었다.

요즘 아내가 나를 전혀 알아보지 못하지만, 아내의 온기는 변함이 없다. 여전히 내 몸으로 흘러들어와, 나를 지켜주고, 나에게 힘을 준다.

'등 대고 졸다가 같이 죽어요, 우리.'

언젠가 아내가 했던 그 말이 다시 떠올랐다.

'이대로 죽으면 좋겠는데, 이대로 죽어진다면 행복하겠는데….'

그런 생각을 하면서 한참을 앉아있었다. 하지만, 나와 아내가 원하는 대로, 그런 식으로 죽어지지는 않았다. 두 사람의 몸에서는 여전히 피가 돌았고, 아내의 온기는 내게로, 나의 온기는 아내에게로 전해지고 있었다.

'그래, 가자, 우리 함께 가자'

절벽 아래로 검푸른 물이 보였다.

"우리 또 드라이브 하고 올까?"

"좋아, 좋아, 좋아요. 너무 좋아요."

"우리 안전벨트는 매지 말자. 가까운 곳에 가는 거니까. 이것 봐, 나도 안 맸잖아."

"네."

"오늘은 속도를 좀 내볼까"

"쌩쌩 달려보세요."

아내가 조수석에 오른 것을 확인하고 나서 운전석에 올랐다.

캠핑카의 시동을 걸고, 기어를 넣지 않은 채 가속기를 밟았다. 부릉, 힘찬 엔진음이 언덕을 넘어 호수로 퍼져갔다.

"자 간다."

기어를 넣고 가속기를 있는 힘을 다해 밟았다. 호수 주변 풀과 나무, 그리고 검푸른 물이 점점 더 가깝게 다가왔다.

순간 옆에 앉아있던 아내를 봤다. 캠핑카가 출발하기 전까지만 해도 멍한 표정이던 아내가 차 속도가 갑자기 빨라지고, 가속기 소리가 높아지자 신이 난다는 표정을 지어보였다. 대학 시절, 함께 갔던 놀이공원에서 롤러코스터를 탔을 때, 아니 지난번에 어느 시골 학교 운동장에서 자전거를 타고 내달릴 때 아내의 얼굴 표정이 꼭 그랬다. 순수한 아이의 얼굴.

'이렇게 순수하고, 이렇게 사랑스럽고, 이렇게 예쁜 사람이 또 있을까'

차가 도로를 벗어났다. 뒤늦게 꽃을 피운 코스모스 몇 떨기가 캠핑카 바퀴 아래로 빨려들어갔다.

"우리 저 세상에서 다시 만나."

늦은 가을이었다.

에필로그

호수로 돌진한 캠핑카는 낭떠러지 중간에 있던 나무에 걸렸다가 모래밭 위로 떨어졌다.

아내는 현장에서 죽었지만, 남편은 살아났다.

남편은 구속돼 살인죄 등으로 실형을 선고받고 복역 중이다. 그는 여전히 대답 없는 교환일기를 쓰고 있다.

남편이 구속되기 전 아내의 유품을 정리하다가 아내의 화장대 맨 아래 서랍에서 짧은 편지를 한 장 발견했다.

아내의 마지막 편지

오빠.

오늘따라,

저기 저 창밖의 파란 하늘처럼 제 머리가 아주 맑고 밝아요. 봄 하늘이 이렇게 맑고 푸른 것은 처음 봤어요. 때마침 파란 하늘 위를 하얀 새가 몇 마리 날아가고 있네요.

모든 것이 선명해요, 오늘따라.

그래서, 펜을 들었어요. 앞으로 이런 날이 다시 오지 않을 수도 있을 거 같아서요. 어쩌면, 오빠에게 보내는 마지막 편지일지도 모르겠어요.

마지막 편지요.

오빠가 이 글을 읽을 때쯤, 저는 이미 코스모스 속을 걷고 있을 거 같아요.

오빠는 언제나 저를 보면 코스모스가 생각난다고 했지요? 분홍색 코스모스요.

지금 내가 걷고 있는 곳은 오빠가 느껴온 그 코스모스가 아니에요. 코스모스꽃이 아니라고요.

오빠, 오빠도 알지요?

'cosmos'라는 말에는 '우주'라는 뜻도 있다는 거. 옛날에 같이 영어사전을 찾아봤었잖아요.

그래요 오빠가 이 편지를 읽을 때쯤, 저는 우주, 아니 코스모스 속의 어느 길을 걷고 있을 거예요.

많이 외롭겠지요.

늘 곁에 있어주던 오빠

늘 나를 지켜주던 오빠.

그 오빠가 곁에 없을 테니까요.

저 혼자일 테니까, 많이 무섭겠지요.

오빠!

하지만, 걱정하지 마세요. 저는 아주 많이 행복해 하고 있을 거예요.

이 세상 그 누구보다

사랑을, 오빠의 사랑을 많이 받다가 갔을 테니까요.

오빠의 사랑을 듬뿍 먹고, 오빠가 만들어준 꽃길을 걸어서 우주로 갔을 테니까요.

오빠.

부탁이 하나 있어요.

제가 코스모스로 가고 나면, 저에 대한 부담은 모두 내려놓으세요.

아마도, 저는 우주 공간 어딘가에서 아주 행복하게 지내고 있을 거니까요.

그때까지, 제가 떠날 그날까지, 오빠는 저를 멋진 코스모스 속으로 보내기 위해 모든 것을 다 소진해버리겠지요. 어쩌면 빈 껍데기만 남았을지도 모르겠네요.

그때까지 오빠가 겪게 될 고생이 어느 정도일까, 지금의 저로서는 짐작도 안 돼요.

하지만, 언젠가 오빠에게는 그 무거운 짐을 내려놓게 될 날이 올 거예요. 꼭 그렇게 됐으면 좋겠어요.

그때부터, 오빠는 자유로워졌으면 좋겠어요. 아니 자유로워야 해요. 아니 자유로워질 권리가 있어요.

그때는 모든 것을 잊으세요. 저도 잊어주세요.

이 세상에는

멋지고 아름다운 코스모스길이 아주 많아요. 그 코스모스 꽃길을 천천히 오래오래 밟다가, 지치고 힘들면 그때 다시 저에게로 와주세요.

기다릴게요.

오빠.

한 가지 부탁이 있어요.

오빠가 저에게 다시 올 때는 우리가 얼마 전 같이 쓰기 시작한 교환일기, 그걸 꼭 가지고 와주세요.

오빠를 다시 만났을 때, 제가 아무것도 기억하지 못하고 있다면, 너무 슬프잖아요.

오빠,

제가 코스모스 입구에서 기다리고 있을게요.

천천히 오세요.

그 일기장을 들고서.

코스모스를 죽였다

1판 1쇄 인쇄 · 2020년 08월 24일
1판 1쇄 발행 · 2020년 08월 28일

지은이 · 윤희일
펴낸이 · 홍행숙
펴낸곳 · 문학의문학
디자인 · 김경일

등록 · 105 91 90635
주소 · 서울 구로구 개봉로 3길 87 103동 103호
대표전화 · (02) 722-3588
팩스 · (02) 722-3587

ISBN · 979-11-87433-24-8(03810)